KB007321

세상의 그늘에서 행복을 보다

소노 아야코 지음 오경순 옮김

리수

세상의
그늘에서
행복을
보다

소노 아야코 지음 오경순 옮김

리수

차례

프롤로그 원점을 바라보며 15

목적지만 알고 있어서는 안 된다

당연한 것들은 과연 당연한가

모든 것에는 원점이 있다

돈을 벌어야 하는 아이들 25

'먹을 수 없다'는 말의 진정한 의미

구걸하는 데 필요한 아이들의 기술

원 달러 보이의 모순된 도움

학교는 지식 때문이 아니라 밥 때문에 간다

밥 먹듯이 굶는 사람들 35

공복과 기아의 결정적인 차이

굶주린 아이는 아프리카가 춥다

달걀을 먹으면 병에 걸려요

삶의 목표는 '배불리 먹는 것'

세계는 내가 사는 동네뿐 45

외국에 나간다는 의미

지도를 한 번도 본 적이 없는 아이들

행동 반경이 좁은 사람들

길이 없는 마을들 53

거기까지는 차로 몇 시간 걸립니까

인간은 스스로 길을 선택할 수 있으리라 생각하지만

사막에서 익사하다

유용하면서도 위험한 아카시아 길

사람을 배신하는 험로 63

우리들은 길에 대해 과신하고 있다

다닐 수 없는 길

때론 비극으로 이어지는 길

길도 다리도 아주 쉽게 사람을 배신한다

물 한 동이의 생존 73

자연보다 내가 우선 보호되어야 한다

전세계의 물 긷는 여자들

사막의 지도엔 오아시스가 표시되어 있다

오아시스 물은 위험하다

돈을 들여 담수를 만드는 나라

에이즈든 설사든 죽는 건 마찬가지다 83

아이 낳자를 두고 온 죄책감

에이즈든 결핵이든 설사든 죽는 건 마찬가지다

자연의 섭리를 거역하지 않는 사고방식

모르는 행복, 너무 많이 아는 불행

상상할 수 없는 가난 93

빈곤의 늪아

맥주 한 병 값이 노동자의 일당이다

영양보다는 배불리 먹는 것이 최대의 목적

공무원 월급이 밀린 나라

상식을 벗어난 주택들 103

집 모양은 반드시 사각이 아니다

날이 개면 다시 마른다는 사고

자연의 제약이 만들어낸 건축물들

필요한 물건은 몸에 지니고 사후에는 추억만이 남는다

고온에서는 인간의 사고가 불가능하다 113

더운데다 술까지 금하는 곳들

시원함이 곧 대접

부채 덕분에 잠들다

복잡한 사고를 가로막는 더위

부족하니 불결할 수밖에 없다 123

청결이란 본질적인 것일까

세탁으로부터 해방된 나라

불결한 병원 때문에 오히려 환자가 늘어난다

아이들이 집에 돌아가고 싶지 않은 이유

가난한 국가의 무능력 133

그것을 불행이라 할 수 있을까

내란의 나라 자이르

버스 차고를 거처로 삼는 미망인들

빈곤, 어떤 논리로도 받아들일 수 없는 상황

배우지 못한 사람들의 이기주의 143

그런 식으로 열심히 일해봤자 무슨 좋은 점이 있을까

곰 끌 여력조차 없다

자신만 존재하는 의식 세계

빈민가의 행복 필수품 151

신부가 발견한 행복한 생활이란

술과 섹스 없이 어떻게 살란 말인가

일생에 단 하나뿐인 액세서리

맨 밑바닥 삶의 최고의 안정

인간의 식사, 동물의 식사 161

세상 사람들은 무엇을 먹고 있는가

매일매일 똑같은 음식을 먹는 괴로움

식사의 3단계 정경

인간의 식사, 동물의 식사

사람에게 친절한 자연은 없다 171

자연과는 어떻게 지내야 하는가

자연을 위협으로 느끼지 않는 사람들

'사람에게 친절한' 자연이란 없다

'댐은 필요없다'고 하는 말

거봉 아래 어르신들과 민주주의 179

민주주의란 모든 것에 통용되는 절대적인 것인가

기다림 외에는 해결법이 없다

어떤 마을의 의식

자아가 없는 사람들의 민주주의

민주주의가 가능한 나라는 한 줌밖에 되지 않는다

어이 없는 죽음들 189

평균 수명이 삼십대인 나라

중노동 끝에 아이 둘을 남기고 결핵으로 먼저 간 젊은이

□와 빈곤이 못을 밟은 소녀의 짧은 생을 마감케 했다

세 시간 반의 험로와 유료 구급차… 그래서 산모는 죽었다

병과 불운에 쓰러지는 인간 생활의 원형

에필로그 다시 원점에 서서 199

원점은 어디에 있을까

내가 먼저야말로 인간의 본성

사람은 존재하는 임무를 지고 있다

인간이 인간다워질 때

옮긴이 후기

주위의 모든 사람이
진흙 같은 빵 한 조각 때문에 투쟁할 때
고상한 즐거움을 누리는 게
옳다고 할 수 있을까

- 크로포트킨

프롤로그 원점을 바라보며

목적지만 알고 있어서는 안 된다

이 에세이를 나는 한 체험의 기억으로부터 시작하고 싶다. 지금으로부터 약 20여 년 전, 처음으로 나는 시나이 반도 사막에 들어갔다. 개신교 신자들이 여행에 합류하여, 군인을 수송하는 무개 트럭으로 이동하면서 성서를 공부하고, 밤에는 침낭으로 황야에서 자는 체험을 하게 되었다.

나는 한밤중에 잠에서 깼다. 자연이 부른 것이다. 달이 전혀 보이지 않는 밤이었다. 내 침낭은 사람 허리 정도 되는 길이의 덤불 밑동에 놓여 있었다. 나는 손전등을 들고 일어섰다. 별빛에 의지하여 가만히 바라다보니, 등 뒤로 거무스레한 언덕이 희미하게 보였다. 나는 100보 정도 걸어가 볼일을 보고 그 곳에서 언덕을 향해 다시 100보 정도 되돌아오면 침낭이 있는 곳으로 올 수 있으리라 판단했다.

100보는 꽤 먼 거리라 나는 50보쯤 걸어간 지점에서 손전등을 끄고 뒤를 돌아보고는 갑자기 두려움에 등골이 오싹해졌다. 나는 내 침낭이 있는 곳으로 돌아갈 수 없음을 깨달았다. 언덕의 막연한 능선 따위는 도저히 목표가 될 수 없었다. 그러나 나중에 생각해보니, 나는 전혀 당황할 필요가 없었다. 앞으로 네 시간 정도만 모래 위에 벌렁 누워 있으면 동쪽 하늘은 서서히 밝아올 테니까. 조금씩 주위의 모습이 보이게 되면 내 침낭의 위치도 분명 보이리라. 또한 사막은 밤이 춥다고는 하지만 얼어 죽을 정도로 춥지는 않다.

그럼에도 불구하고 나는 공포감에 휩싸였다. 내가 있던 곳으로 돌아갈 수 없다는 불안감은 일찍이 경험한 적 없는 동물적인 공포였다. 아니 동물이라면 이런 경우 아무렇지 않게 자신의 둥지로 돌아갈 수 있으리라.

아무런 불빛도 목표물도 없는 황야나 사막에서는 나는 두 개의 광원이 필요하다는 사실을 그때 절실히 깨달았다. 하나는 내가 출발한 지점에 두기 위해서이고, 또 하나는 지금 내가 있는 곳의 발밑을 비추기 위해서이다.

나는 나이 50을 넘어서 재차 사하라 종단 여행을 했다. 사하라 중심부는 더할 나위 없이 우아한 붉은 핑크빛 사막인데 비하여, 북부는 가끔씩 바위 사막이나 모래 사막 혹은 그것들이 뒤섞인 사막도 보였다.

바위 사막에는 여기저기 커다란 균열이 있다. 그 깊이가 어느 정도인지 잘 가늠할 수 없는 것도 많아 혹시 밤에 손전등 없이 걸어다닌다면 분명 이 갈라진 틈에 떨어져, 가령 단 1미터 깊이의 균열에도 다리 골절상을 입을 것임에 틀림없다. 게다가 아무리 자동차로 이동한다고는 하지만, 사막에서 다리가 부러지는 것은 도시에서 부러지는 것과는 전혀 차원이 다른 위험과 고통이 수반된다.

만일 사막 중앙부 1,480킬로미터에 육박하는 완전한 무인 지대에서 이러한 부상이 발생한다면, 다리에 부목을 대는 정도의 응급 처치만을 받을 수 있을 뿐, 아마 차로 한 사흘 정도 계속 달려야만 고통을 멎게 해줄 문명 사회에 도달할 수 있을 것이다.

사막 여행에서는 누구나 저마다의 역할을 담당하고 있다. 나처럼 특별한 기술이 아무것도 없는 사람일지라도 자동차 운전과 취사 담당이라는 두 가지 잡역이 기다리고 있다. 그렇기 때문에 운전사 한 사람이 일할 수 없게 되는 돌발 상황은 대원의 계획을 근본부터 흔들어놓는 셈이 된다.

우리 모두는 우리가 출발한 지점을 명심하고 항상 명확하게 기억하고 있지 않으면 안 된다. 우리는 자신의 삶의 원형, 출발한 지점의 풍경을 항상 마음의 시야에 간직하거나 적어도 지식으로나마 알고 있지 않으면 안 된다. 목적지만 알고 있어서는 안 된다.

당연한 것들은 과연 당연한가

생각해보면 모든 것에는 원점이 있다. 식물에게는 뿌리와 줄기가 있고, 잎이 그 생리에 따라 활동하기 때문에 잎사귀 끝에 아름다운 꽃이 핀다. 모든 것의 시작은 뿌리이다.

구약 성서 '욥기'에 다음과 같은 구절이 있다. "나는 알몸으로 엄마 뱃속에서 태어났다. 알몸으로 다시 그 곳으로 돌아가리라." 그러나 문득 생각해보면, 우리는 언제부터인지 떠돌이가 되어 있었다. 출신을 전혀 고려하지 않는 사람이 되어버렸다는 말이다.

태어나면서부터 에어컨이 있는 집에 살며 먹을 것은 언제든지 슈퍼나 편의점에서 팔고 있다고 생각하며 살고 있다. 본인은 물론 주변 사람들도 고등학교, 대학교까지 가는 것이 당연한 듯 생각하는 젊은 이들 천지이다. 길은 지구가 생겨난 때부터 포장되어 있는 듯 여기며, 험한 길은 어디를 가야 볼 수 있는지 짐작조차 못한다. 어디를 가든 일년 내내, 24시간 양질의 전기가 공급되는 게 당연하며 도중에 전기가 끊길지도 모른다는 불안 따윈 느껴본 적도 없다.

도쿄 대학 이과계의 한 교수가 실험을 하고 있는 제자에게 말했다.

"자네들 만일 실험 도중 정전이 되면 어떻게 하지?"

그러자 그 학생은 종전終戰 당시 중학교 3학년생 정도였을 교수를 비웃으며 대답했다.

"교수님, 고리타분한 생각 마세요. 요즘 세상에 정전 같은 게 있을 리 없죠."

그로부터 10년도 채 지나지 않아 고베 대지진이 일어났다. 그 교수가 그때 '고것 봐라, 내 말 맞지?' 라고 생각했는지 어떤지는 잘 모르겠다. 내가 그 교수 입장이었다면 나는 괴팍한 성격인지라 피해자의 고통에 대한 깊은 동정은 제쳐두고 마음 한 구석에서는 분명 그런 생각이 들었으리라. 그러나 그 후에도 학생들은 교수의 걱정이 현실적인 것이었다고는 생각지 않았을 것 같다. 고베 대지진과 같은 천재지변은 인간이 일생에 한 번 겪을까 말까 하는 아주 드문 사건이고, 게다가 그것은 우수한 구조물만 만들면 해결되는 문제쯤으로 받아들였을 테니까.

1959년 9월 초, 나는 20대 후반이었는데 당시 인기 항공사였던 팬암의 1호 제트기로 세계 고속 일주 비행을 경험했다. 아사히신문사 기획으로 요즘 같으면 "예순한 시간이나 비행기를 계속 타야 하니 잘 버티세요"라고 할 만하지만, 그 당시는 체력도 호기심도 왕성한 나이였기 때문에 맘 편히 먹고 구경이나 하자고 생각했었다. 지금이라면 갈아타는 시간을 뺀 약 절반인 서른두세 시간 정도로 북반구를 일주할 수 있지 않을까 싶다. 아무튼 나는 20대 후반에 '끝없는 지구'를 하늘에서 한 바퀴 빙 둘러보았다는 실감을 했다.

물론 40여 년 전과 지금의 지구 상태는 분명 다르다. 아프리카의 상당수 지역에도 문명화와 근대화는 수도 주변뿐만 아니라 지방 소

도시에까지도 파급되어 있으며, 이는 나와 같은 문외한의 눈으로 봐도 확연하다.

그러나 당시 20대인 내가 비행기 위에서 내려다본 놀라움과 느낌은 '지구는 실로 원시적으로 영위되고 있다'는 점이었다. 메마른 토지는 대책 없이 계속 메말라가고, 밤이 되면 몇 시간을 비행해도 대지는 깜깜한 암흑 속에 웅크리고 있었다.

종종 문학적 표현으로 '등불이 깜박거린다'라는 말이 있으나, 전등불은 수증기가 어지간히 많은 상태가 아니면 깜박거리지 않는다. 그러나 내가 본 지상에서는 아주 희미한 등불이 여기저기에서 깜박거리고 있었다. 다시 말해 그 광원이 전력이 아니라는 말이다. 그것이 모닥불이었는지, 양초나 오일 램프인지 혹은 가스 버너 같은 것을 사용한 조명이었는지는 알 수가 없다. 그러나 갑자기 홍콩이나 도쿄 상공에 다다르니 대지는 불타오르듯 밝아졌다. 아직 도쿄 올림픽 전이었으나 일본은 이미 세계적 수준의 전력 소비 국가로 성장해 있었다. 그로부터 약 40년이 지났지만 아직도 세계의 모든 도시가 온전한 전력 공급을 받고 있다고 말할 수 없다. 물론 수도에는 차질 없이 전기가 공급되고 있겠지만, 제2 제3 도시의 전기 공급은 완전한 기능을 하지 못하고 자주 정전되는 나라도 많다.

정전의 이유는 여러 가지다. 길이 좋지 않아 연료를 운반할 수 없다거나, 발전기가 고장나 부품을 주문했지만 아직 도착하지 않았다거나, 발전량이 부족해 마을을 반씩 나누어 격일제로 전기를 공급한다거나 등등. 따라서 하루 건너 정전이 된다. 혹은 전력이 부족해 어두워서 나처럼 시력이 좋지 않은 사람에게는 도저히 책을 읽을 만한 밝기가 되지 못한다. 전구의 질이 나빠 시종 끊기기 때문에 보통 때는 웬만하면 전기를 켜지 않고 전구의 수명을 늘리려 한다는 등 이유는 많다.

모든 것에는 원점이 있다

나는 광원에 대한 기억에 남는 체험이 또 한 가지 있다. 다름아닌 1990년대 중반 내가 중앙 아프리카 코트디부아르라는 시골 마을을 방문했을 때의 일이다. 그 마을에는 일본인 수녀 두 분이 교육과 간호를 위해 정착해 살고 있었고, 내가 친구들과 조직한 해외일본인선교사활동후원회라는 NGO는 그 곳에 야자나무 잎으로 지붕을 이은 작은 교실을 지을 돈을 보조해주고 있었기 때문에 나는 그 현장을 확인하러 갔다.

수업은 매일 밤 8시경부터 시작되었다. 열 살짜리 소녀부터 40대 중반 남성까지 다양한 학생들이었다. 작은 교실에는 하얀 판자가 하나 있고 그 양쪽 구석에 등유 램프가 소리를 내며 타오르고 있었다.

하얀 판자 주변은 그럭저럭 밝았지만, 맨 뒷줄에서 노트를 쥐고 있는 남자의 주변은 거의 어둑어둑할 정도였다. 나는 수녀님께 물었다.

"수녀님, 저 램프는 얼마 정도 합니까?"

램프는 중국제로 내가 여행지에서 갖고 있던 돈으로 살 수 없을 정도의 가격은 아니었다.

"그럼 내가 두 개 더 사서 기부하면, 교실은 좀더 밝아지겠네요."

수녀님은 대답했다.

"아니오, 그러시면 안 됩니다. 왜냐하면 학생들은 달이 없는 밤에는 깜깜한 어둠 속을 4킬로미터든 5킬로미터든 걸어서 집으로 돌아가야 합니다. 어두운 밤에도 걸을 수 있도록 교실 안도 어둡게 해주지 않으면 안 되니 참 딱한 일이지요."

고작 이 정도의 핀트가 어긋난 동정이 내가 지닌 상상력의 한계였다. 사람은 원래 달밤에는 밝은 길을 걷고, 캄캄한 밤에는 어둠 속을 걸었었다.

1983년 사하라 종단 중, 나는 문명이란 무엇인가를 줄곧 생각하고 있었다. 나는 학자도 아니므로 아마추어의 단순 소박한 인상과 어림짐작의 대답을 마음 편히 즐길 수 있었다.

나는 궁색하게도 문명에 대해 단 세 가지 정의 외에는 더 이상 생각이 미치지 않았다.

하나는 '밤 시간을 이용할 수 있을 것'이며, 나머지 두 가지는 '거의 완전한 수평면을 가질 수 있을 것'과 '바람, 먼지, 모래 등이 몸에 닿지 않는 인공적인 공간을 확보할 수 있을 것'이었다.

모래 바다를 헤치고 나아가면서 내가 겨우 확보했던 평면이라면 무릎 위의 메모판뿐으로 그것도 결코 엄밀한 의미에서 수평은 아니라는 사실에 묘한 피로감을 느끼기 시작했다. 또 여자는 나 혼자였기에 두 대의 자동차 중 한 대 속에서 잘 수 있다는 특별 대우를 받았음에도 불구하고, 나는 실외에 있으면 늘 바람인지 모래 같은 것이 불어와 피부에 와닿는 느낌이 들었고, 그것이 차분하게 뭔가를 생각할 수 없는 이유가 되어 은근히 초조하게 만들었다. 특히 사고를 정리하여 문장을 구축하는 작업에는 인공적인 실내의 조용한 공기가 필요했다. 실외는 나의 사고 능력을 빼앗고 있었다.

동물에게는 현재밖에 없다. 그러나 인간은 시간을 과정 속에서 생각할 수 있다. 인간이 대체 어디에서 왔는가, 이전에는 어떤 생활을 하고 있었는가, 이러한 것들은 그리 오랜 옛날 이야기가 아니다. 지금도 우리들은 현재 생활 속에서 그 모습을 볼 수 있는 나라들을 지구상에서 얼마든지 발견할 수 있다.

그 원점의 나라로 나는 독자들을 안내하고 싶다.

돈을 벌어야 하는 아이들

'먹을 수 없다'는 말의 진정한 의미

우리들은 누구나 다 학교에 다니고 있다. 등교 거부 학생이라면 부모나 선생님으로부터 등교를 권유받으며 자란다. 그러나 세상에는 아이들에게 학교에 가는 호사 따윈 도저히 누리게 할 수 없는 사회도 많다.

아이들은 확실한 하나의 노동력으로 간주되고 있다. 아이들이 해야 할 일은 얼마든지 있다. 물 긷는 일은 여자와 아이들 몫이다. 아이들이 열 명 가까이 되는 가정이 대부분이므로 소나 양이나 말을 기르는 일, 어린 동생들을 돌보는 일 등도 아이들의 일로 받아들인다.

장사도 아이들의 일이다. 복권, 껌, 빵, 신문, 꽃 등을 판다. 부모는 구두닦이, 짐 운반, 자동차 창문 닦이 같은 일들도 아이들에게 시켜 푼돈을 벌어들이는 것 또한 당연시한다. 학교에 보내는 것은 다시 말해 집안일에 지장을 초래할 뿐이다. 어떻게 그런 식으로 생각할 수 있느냐며 비난 투의 어조로 누군가 따진다 해도 나는 대답이 곤란해지는 경우가 있었다.

사실 대답은 간단하다. 왜냐하면 아이들도 일하지 않고는 먹을 수 없기 때문이다. 선진국에서는 '먹을 수 없다'는 말을 확대 해석하여 사용하고 있다. 집의 대부금을 다 갚을 수 없다든가, 상급 학교에 보낼 돈이 없는 경우 등에 '먹을 수 없다'는 표현을 쓴다. 그러나 세계의 많은 나라에서 '먹을 수 없다'는 말은 글자 그대로 먹을 것이 없다는 말이다.

구걸하는 데 필요한 아이들의 기술

먹을 것을 구하기 위해서는 나름대로 무슨 일이든 하지 않으면 안된다. 예를 들면 구걸, 날치기, 도둑질 같은 시원찮은 일도 할 수밖에 없다.

위 세 가지, 일이라고는 할 수 없는 그런 짓을 하기 위해서 무엇이 중요한가 하면 낮 시간이 필수다. 구걸을 하려 해도 밤에는 사람들이 나와 돌아다니지 않는다. 날치기도 사람의 왕래를 전제로 한다. 도둑질은 어디서든지 할 수 있지만 이 정도의 빈곤 지대에서는 한밤중에 몰래 들어가 훔칠 만한 값나가는 물건이 있는 집이 없다고 해도 과언이 아니다. 집에 있는 물건이라곤 냄비와 솥, 옷가지뿐이다.

때문에 아이들은 낮에 학교에 다니는 일은 엄두도 못 낸다. 학교에 간 탓에 그날 벌이가 없으면 다음날은 쫄쫄 굶어야 하기 때문이다.

직업이라 할 수 없는 일로는 행상이 가장 많다. 교차로에 멈춰선 자동차에 다가와 껌, 신문, 복권 등을 팔거나 허락도 없이 마음대로 자동차 앞 유리를 닦거나 하는 일이다. 이는 대부분의 개발도상국 어디를 가든 그러하다. 교차로에 아이들을 들여보내는 위험한 일을 선진국에서는 허용하지 않지만, 많은 나라에서는 그런 위험도 인생살이의 한 가지 자세다.

터키에서 빵을 파는 아이는 머리 위에 쟁반을 이고, 쟁반 위에 마치 육상 경기장 트랙처럼 생긴 참깨 빵을 팔고 있다. 아버지는 안 계시고 동생들만 셋이 있다고 한다. 빵 60개를 팔아야 온 가족이 겨우 먹을 수 있다고 한다. 아이는 쟁반을 머리 위에 인 채 친구와 놀기 때문에, 가끔 빵을 떨어뜨리기도 한다. 빵은 당나귀나 양의 배설물 천지인 길바닥에 떨어진다. 아이는 그것을 주워서 바지에 문질러 먼지를 털어내고 다시 쟁반 위에 올려놓는다.

아프리카 마을에서는 오후가 되면 아이들이 절구와 절굿공이로 쌀을 찧는다. 그것은 몇 시간이나 걸리는 일이다. 그러나 그 일을 하지 않으면 그날 저녁을 먹을 수 없다. 쌀이 있어도 가스도 전기도 없는 마을에서는 장작이 없으면 밥을 지을 수가 없다. 그러므로 사람들은 며칠에 한 번씩은 장작을 구하러 멀리까지 나간다. 대부분의 지역에서는 누구나 자기 집에서 가까운 곳부터 나무를 베어나가기 때문에 장작을 모으려면 점점 더 멀리 나가지 않으면 안 된다. 아이들도 이런 노동에서 벗어날 수 없다. 장작이 없어도 역시 사람은 '먹을 수 없는' 것이다.

구걸은 인도차이나 반도에서 아프리카까지 계속 되는 실질적인 하나의 '게임'이다. 잘하면 대박이고 못해도 본전이라는 느낌이다. '구걸이 대단한 철면피'라는 따위의 심각한 발상은 없다.

아이들은 구걸로 돈을 벌기 위해 이런 저런 지혜를 짠다. 인도에서의 일이다. 새벽 4시가 조금 지나 호텔 현관에서 공항으로 가는 버스를 탄 적이 있다. 그러자 버스 승강구에 한센병 환자 특유의 뒤틀린 손을 가진 아이가 올라와 "한 푼 줍쇼" 하며 맨 앞에 앉아 있던 내 눈을 보며 말했다. 그 당시 나는 인도의 한센병 환자를 취재하며 수천 명의 환자를 보아온 후였기에 아무 말 없이 그 아이의 손 모양을 바라만 봤을 뿐 '아, 이 아이도 한센병이구나' 하는 생각을 했다. 그러나 일말의 의문이 생겨 안스러움을 느끼면서도 돈은 주지 않았다.

그러자 이 인색한 외국인에게 정나미가 떨어진 그 아이는 포기하고 아직 달도 채 밝지 않은 적막한 먼지투성이인 마을길에서 낡은 자전거 바퀴를 굴리며 놀기 시작했다. 그 손놀림을 보니 이 아이의 손은 아무런 문제가 없었다! 그는 한센병을 가장하여 돈을 구걸하는 기술을 알고 있었던 것이다.

이집트에서는 수백 년에 걸쳐 유적 도굴을 가업 아닌 가업으로 하며 살아온 마을이 있다. 정부 관리들이 뭐라고 하든 자기 집 마루나 마당 아래 땅을 파나가며 도굴한 물건을 팔면서 살아왔다.

이 마을에 유적 발굴 조사 현장을 방문했던 나는 걸어서 마을을 나와야 하는 상황이었다. 그러던 중에 이따금 수십 명의 아이들에게 둘러싸이곤 했다. 처음에는 늘 하는 수법인 '팁을 주세요' 라고 한다. 나는 한 사람에게만 돈을 주지는 않는다. 한 사람에게만 주면 받지 못한 나머지들은 폭도처럼 변한다. 아이들이라고 하지만 상대는 수십 명이다.

그러는 사이에 내가 인색한 사람이라는 것을 알아차리고는 한 어린이가 내 코앞에 숙제장을 들이대었다. 어른들은 아이가 숙제장을 보여주면 누구나 으레 '대단하네. 참 잘했어!' 하며 칭찬을 해주고 싶어한다. 그러나 만일 내가 그렇게 행동하면 숙제장을 봤으니 돈을 내놓으라는 의미가 된다. 거기서 내가 푼돈을 주면 아이들은 너도나도 숙제장을 가지고 나를 에워싼다. 결국 돈을 주지 않고 이 곳을 탈출할 수 없을 것 같은 공포를 느낄 지경의 사태를 몰고올 것이다.

원 달러 보이의 모순된 도움

그러나 이런 아이들에게도 선진국 이상의 도덕을 느낄 때가 있다. 이스라엘에서 휠체어를 탄 사람들과 여행했을 때의 일이다. 이스라엘의 관광지에는 우리가 '원 달러 보이'라고 부르는, 물건을 파는 아랍계 소년이 있다. 지도도 1달러, 인쇄 상태가 좋지 않은 그림 엽서 열 몇 장짜리 한 묶음에 1달러, 이런 식으로 값싼 토산물을 팔고 있다.

그들 모두 그렇지는 않지만 그중에는 관광객이 조금이라도 방심하면 그림 엽서 판매 이외의 푼돈 벌이를 하는 아이가 있다. 이를테면 관광객이 다른 데 주의를 쏟고 있는 사이에 옆구리에 끼고 있던 핸드백 등을 슬쩍 훔친다.

그 해 나는 휠체어를 미는 담당이었는데, 골고다 언덕 위의 예수의 처형지라 일컬어지는 성 분묘 교회 안에서 인파의 혼잡에 섞여들어가 한 대의 휠체어에 필요한 일손 세 사람을 놓쳐버렸던 적이 있다. 남자 일손은 한 사람 남아 있었는데 돌아가는 길은 다시 돌계단이 이어지는 길이므로 나말고 한 사람 겨드랑이를 잡아줄 사람 없이는 약 100킬로그램이나 되는 휠체어를 밀어 돌계단 길을 오르는 일은 불가능했다.

나는 원 달러 보이에게 부탁해보자고 했다. 그림 엽서를 팔아 1달러 벌거나 가끔은 핸드백을 소매치기해 한 탕 하는 일보다는 정당한 노동의 대가로 보수를 받는 편이 나을 거라 생각했기 때문이다.

말은 통하지 않지만 원 달러 보이 한 사람에게 손짓으로 부탁하니, 그는 곧 휠체어 한쪽 바퀴를 들어올리고 걷기 시작했다.

진지한 일꾼이었다. 마치 몸을 비스듬히 기울여 개 썰매를 끄는 개와 같았다. 나는 허둥거리며 옆에서 걷고 있는 같은 일행의 부인에게 "내가 지금 핸드백을 열 수 없으니 이 아이에게 수고에 대한 삯으로 2달러를 꺼내주시겠어요?" 하고 부탁했다. 그러자 그 사람은 당연히 "네, 그렇게 하지요" 하며 잔돈을 준비해주었다.

나는 이 미로 같은 아랍인 마을을 몇 번씩이나 걸었는데도 어디가 맨 마지막 계단인지 잘 알 수 없었다. 그러나 그 소년은 어떤 장소까지 오자 갑자기 휠체어를 놓고, 몸을 홱 돌리며 원래 왔던 길을 날아가는 새처럼 돌아가기 시작했다.

나는 당황했다. 저 작고 약삭빠르다고 생각했던 아랍 소년이 전혀 돈 따위 안중에도 없고, 단지 일만 도와주고 그냥 돌아가버렸기 때문이다. 옆에서 잔돈을 준비해준 부인에게서 돈을 받아 나는 겨우 그를 불러 세워 예를 표했다.

곤경에 처한 사람을 돕는 일은 당연한 의무로 생각하는 것이 그들의 신조이다. 이유는 그렇게 하지 않으면 그 사람이 죽기 때문이었다. 사막이나 미개 지역은 결코 인간에게 만만하지 않다. 스쳐지나가는 사람일지라도, 적대 부족일지라도, 어찌됐든 그 사람을 돕지 않으면 그 사람은 죽는 것이다. 자신도 그러한 경우에 도움을 받지 않으면 죽기 때문에, 남도 도와주지 않으면 안 된다는 사실을 어렸을 때부터 터득하게 된다.

때문에 들치기를 하는 일종의 기지와 무상의 봉사는 아무런 모순 없이 아이들 생각 속에 혼재해 있다.

학교는 지식 때문이 아니라 밥 때문에 간다

선진국에서는 학교가 생기면 학생이 통학하는 일은 별반 어렵지 않다. 철도, 노선 버스, 스쿠터, 자전거, 여러 가지 수단이 있겠지만 아무튼 통학할 수 없는 경우란 없다. 그러나 그렇지 않은 나라도 많다. 철도도 노선 버스도 없고, 사람들이 스쿠터나 자전거를 살 수 있는 형편이 못 되기 때문이다.

그래서 초등학생은 어쩔 수 없이 걸어서 학교에 다니는 수밖에 없다. 초등학생이 학교까지 걸어가는 거리는 그나마 가깝다고 해도 편도로 족히 4킬로미터 정도는 되리라.

그러므로 인도 등지에서는 학교를 세우면 동시에 기숙사도 마련하지 않으면 안 된다. 기숙사라 해봐야 진흙으로 다진 마루에서 아무렇게나 쓰러져 자는 방 두 개 정도 있는 건물도 있다. 하나는 여러 아이들이 다용도로 함께 쓰는 방, 또 하나는 기숙사 관리 아줌마의 방

이다. 책상도 의자도 또 전기도 목욕탕도 화장실도 없다. 있는 거라
곤 음식을 만들 부뚜막뿐으로 기숙사 관리 아줌마는 군침 도는 장작
냄새를 피우며 식사를 만들어준다.

부모 쪽에서는 아이들을 학교에 빼앗기는 자체가 불만이다. 그만
큼 밭갈이나 소몰이 노동력이 줄어들기 때문이다. 그러므로 학교는
부모들에게 아이들이 학교에서 비료 사용법 등의 새로운 기술을 익
히게 되므로 반드시 집 농사에 도움이 되는 지식을 터득하게 될 거라
고 설득하지 않으면 부모는 아이들을 학교에 보내지 않는다.

예전에 나는 볼리비아 시골에서 일용직 근로자들의 아이들이 다
니는 학교에 급식을 보급하는 NGO 일을 해본 적이 있다. 그리고 수
년이 지나 과연 그 프로젝트가 계속 진행되고 있는지 어떤지를 알아
보러 가게 되었다.

급식은 잘 실시되고 있었다. 아이들은 집이 가난해서 제대로 밥도
먹지 못한다. 그나마 학교 가면 점심이 나오기 때문에 무슨 수를 써
서라도 학교에 가려 한다. 메뉴는 밥과 고기와 야채이다. 하루 걸러
고기 대신 달걀이 나온다. 영양 상태가 좋아지면 지능 지수도 좋아진
다는 사실도 처음으로 알았다.

급식 중, 한 소년이 진지한 얼굴로 자기 급식 쟁반을 들고 교정을
가로질러 반대편 나무가 있는 곳까지 가는 모습이 보였기에 나는 그

소년이 어디로 가는지 계속 눈으로 뒤따라가 보았다. 거기에는 세 명의 소년이 기다리고 있었다.

남동생 두 명과 친구 한 명이다. 소년은 자기 몫의 급식을 세 사람에게 나누어 먹였다. 그 세 사람이 다니는 학교는 급식이 없었다. 때문에 그들은 하루에 한 끼도 배불리 먹을 수 없었다. 그래서 이 소년은 학교에서 나오는 급식으로 남동생 둘과 친구 한 명을 먹이고 있었다. 학교는 지식 때문이 아니라 밥 때문에 간다. 이 세상에는 그와 같은 현실도 결코 드문 일이 아니다.

밥 먹듯이 굶는 사람들

공복과 기아의 결정적인 차이

우리에게 굶주림만큼 이해하기 어려운 단어는 없다. 서구 선진국 사람들에게는 더더욱 그러하리라. 최근 여성 주간지 가운데 상당 부분이 '다이어트'와 관련된 광고이다. 최근의 불경기 속에서조차도….

그러나 이 세계에는 많은 사람들이 굶주리고 있다. 아프리카 대륙의 광범위한 지역에는 토양이 좋지 않고 물이 부족하여 인프라가 거의 없다. 그러므로 우선 작물을 기를 수 없다. 설령 가능하다고 해도— 예를 들어 망고가 많이 열린다 해도— 근처에 큰 도시도 없고 살고 있는 사람은 현금 수입이 극히 적은 빈곤한 사람들뿐이기 때문에 망고를 선진국처럼 한 개에 천 원 혹은 그 이상의 가격으로 사는 것을 전혀 상상할 수 없다.

보통 우리가 알고 있는 상식이라면 망고 재배 농가는 멀리 떨어진 구매력이 있는 도시에 큰 트럭으로 출하하는 일을 고려해볼 수 있다. 그러나 아프리카 대부분의 지방은 도로가 없다든지, 혹 있다 해도 길

상태가 매우 험하다. 트럭이라야 제대로 된 것도 없으며 그런 트럭을 사용해 운반한다 하더라도 시간이 굉장히 많이 걸려 과일은 상하고 트럭 비용도 지불할 수 없게 된다.

일반적으로 작물의 수량은 극히 적기 때문에 식량은 만성적으로 부족하다. 수출 작물이 없는 나라라면 외화도 없기에 외국에서 식량을 살 수도 없다. 어디든 죄다 점점 더 가난해질 따름이다. 아무튼 그러한 경우에 인간의 목적은 학력도, 출세도, 집 소유도 아니다. 하루하루 배불리 먹는 것뿐으로 어떻게 하면 먹을 수 있을까 하는 생각밖에 없다.

처음으로 굶주림의 정의를 내려볼까 하는데 나는 의사도 아니고 간호사도 아니다. 그러므로 나의 정의라고 해봤자 평범한 이의 체험에 지나지 않는다.

기아의 나라 사람들, 기아가 심각한 지경에 이른 사람들이 '배고픔에 고통 받고 있는' 모습은 기아를 전혀 모르는 내게는 눈에 띄지 않으리라. 물론 칼로리가 부족하여 몸이 수척해졌다면, 몸을 움직이는 자체가 나른하게 보인 적은 있다.

공복과 기아는 명백히 다르다. 우리들은 공복에 대해선 잘 알고 있다. 배가 고파 패밀리 레스토랑에 들어가 주문을 한 후의 겨우 몇 분 간이다. 옆 테이블에는 요리가 나왔는데 먼저 주문한 우리 요리는 나오지 않았을 때의 괴로운 느낌이 배고픔이다.

그러나 기아는 다르다. 적어도 처음 며칠의 배고픈 기간이 지나면, 기아에 시달리는 아이들은 식욕조차 잃어버린 듯 보인다.

굶주린 아이는 아프리카가 춥다

내가 지금도 잊을 수 없는 일은, 에티오피아가 기아로 허덕이던 해 그 곳에서 일했던 간호사로부터 들은 이야기이다. 이미 야위고 쇠약해진, 눈에도 죽음의 그림자가 드리워진 소년이 있었다. 칼로리 부족은 몸을 마르게 하는데, 죽음의 위험선까지 다가가면 얼굴 아래로 그 사람의 해골이 드러나 보이게 된다. 즉 뼈 위에 피부가 겨우 붙어 바싹 땅겨진 상태 말이다. 카메라맨이나 텔레비전 취재반이 그런 아이들의 사진을 많이 찍었다. 그것이 비아프라나 에티오피아의 기아 현상을 보여주는 사진으로써 전 세계에 퍼졌다.

그러자 인도적이라 자처하는 사람들은 카메라 셔터를 누르고, 텔레비전 필름을 돌릴 여유가 있는 정도라면 어째서 그 아이들을 구하지 못했는가 하며 비난했다. 그러나 나는 그렇게 생각하지 않는다. 세계의 비참함은 그들의 직업 의식 덕에 온 세계에 전해졌다. 나는 그들이 할 의무를 다했다는 생각이다.

그건 그렇고, 해골처럼 마른 한 소년에게 간호사는 말했다.

"조금만 기다려. 이제 곧 먹을 것과 담요를 줄 테니까."

그러자 소년은 대답했다.

"먹을 것은 필요 없어요. 담요를 주세요."

소년은 오로지 춥기만 했을 뿐이었다. 아프리카가 춥다는 사실조차 우리들은 너무 모른다. 평지의 사막에서조차 밤이 되면 종종 섭씨 10도 이하로 떨어진다. 그리고 약간 더 지대가 높아지면, 아프리카나 중동 내륙부의 고지대의 추위는 누더기 옷을 걸친 사람에게는 치명적이다. 그러나 이 소년은 이미 생명의 빛이 거의 꺼져가고 있었다. 음식을 섭취하여 그것을 생명력으로 바꾸는 기능을 소년은 이미 상실했던 것이다. 때문에 그는 단지 죽기 직전 몇 시간 동안만이라도 담요를 원했다.

물론 나는 굶주림으로 이미 일어설 기력조차 없는 사람들이 자신이 주저앉아 있던 땅바닥에서 자신의 손이 닿을 만한 곳에 자라나는 풀을 뜯어 먹고 있던 광경도 목격했다. 마치 원숭이나 동물에 가까운 비참한 광경이었지만, 아무튼 먹지 않으면 안 된다고 스스로에게 명령하는 인간의 지혜였으리라.

하지만 굶주림의 한계를 넘어선 아이들은 선진국의 긴급 구호 단체가 차량으로 들어와 소화하기 쉬운 음식을 주려 해도 계속 숟가락만 손에 든 채, 밥그릇에 있는 걸쭉한 죽을 떠 먹으려 하지 않는다.

'굶주린 아이는 게걸스럽게 먹는 법이다'라는 우리들의 선입견은 거기서 깨져버린다.

달걀을 먹으면 병에 걸려요

아프리카 가난한 사람들이 먹는 대부분의 일상 음식은 그 지역에서 수확하는 곡류가 주이다. '미렛', '솔감'이라 불리는 조, 피, 수수와 비슷한 잡곡이나 옥수수, 혹은 카사바 등의 구황 작물이 주된 식량이다. 그것들을 죽처럼 걸쭉하게 만들거나 빵처럼 쪄서 소스를 찍어 먹는다. 소스는 야채, 기름 등이 주된 재료지만, 간혹 근처 논에서 잡은 작은 물고기나 고기가 첨가되는 경우도 있다. 우리 같은 외국인이 그 지역의 촌장 등으로부터 융숭한 대접을 받는 경우, 어떨 땐 염소 한 마리가 통째로 나오는 적도 있다. 물론 그것은 수십 명이서 먹을 경우인데, 우리들 손님은 아무리 남겨도 상관없다. 밖에서는 마을의 여자와 아이들이 남은 음식을 얻어 먹으려고 기다리고 있기 때문이다.

빈곤에 따른 식량 부족과 영양에 관한 무지는 크게 나누어 두 가지 결과를 초래한다.

하나는 마라스무스라고 하는 칼로리 부족 상태로 아우슈비츠 수감자들이 그 전형적인 예이다. 뼈 마디마디가 이상하게 크게 눈에 띠고, 그 밖의 부분은 막대기처럼 보일 만큼 수척해진다. 아이들인데도 노인 같은 얼굴로 바뀐다. 갓난아이지만 피부가 쭈글쭈글하게 된다. 이렇게 되면 언제 죽어도 전혀 이상한 일이 아니다.

또 다른 영양 실조는 겉으로 보기에는 마라스무스와는 전혀 다른 모습을 띤다. 배는 잔뜩 부풀어오르고 배꼽이 튀어나온 상태가 되는 경우까지 있다. 볼에도 살이 붙어 이중 턱으로 보인다. 팔 다리도 살이 붙어 빵빵하다.

나는 처음 이런 아이를 봤을 때 "살이 쪄서 튼튼해 보이네. 일본에 와서 스모 선수가 되어보세요"라고 말한 적이 있다. 당치도 않은 말이었다. 그런 겉모습은 살이 쪄서가 아니라 부종이 온 때문으로 위험한 징조였다. 당연히 심장에도 부종이 있다고 하면, 갑자기 심장마비가 될 수도 있다.

그것은 크와시오코르라고 하는 단백질 부족에 따른 영양 실조 상태로 우리들이 기아 지대에 가면 재빨리 이 두 가지 질병을 구분하지 않으면 안 된다. 크와시오코르는 종종 아이들의 머리를 희한하게도 금발로 변하게 한다. 그래서 나같이 아무것도 모르는 사람이 보면 칼로리 부족의 마라스무스보다 단백질 부족의 크와시오코르 쪽이 가난한 나라에서는 손쓰기 어려울 듯한 생각이 든다. 무엇이든 좋으니 배만 채우도록 하는 일은 어떤 의미에서는 간단하다. 그러나 달걀이나 고기를 먹이는 일은 어렵다.

아프리카에서는 아이들에게 '달걀을 먹으면 병에 걸린다'고 가르치는 지역도 있다고 들었다. 닭은 원칙적으로 방목하기 때문에 사료 등을 구입해서 먹이는 일은 없다. 사람이 먹을 음식도 부족한 나라에서 닭의 사료 따위를 살 여유가 있을 리 만무하다. 닭은 근처에서 방목하며 자유롭게 벌레나 나뭇잎을 쪼아 먹게 한다. 다시 말해 닭도 인간이 기르지 않고 '자생'시킨다. 그러면 닭은 달걀을 여기저기에 낳는다. 그 달걀들을 모으는 일은 아이들의 몫이다.

달걀이 맛있음은 잘 알고 있다. 그래서 아이들은 달걀을 모으면서 먹어버린다. 그러나 달걀은 고가의 상품이다. 아이들에게 먹일 여유가 없다. 그렇기 때문에 부모들은 '달걀을 먹으면 병에 걸린다'고 가르친다. '덜 익은 푸른 매실을 먹으면 죽는다'는 말과 같지만, 덜 익은 푸른 매실에는 나름의 이유가 있으나, 달걀의 경우는 말짱 거짓말이다.

아프리카 아이들은 부모에게서 그런 말을 들으면 달걀에는 분명 독이 들어 있기 때문이라며 먹지 않는다. 부모는 달걀을 비싸게 팔 수가 있으나, 아이들의 단백질 부족은 해소되지 않는다.

삶의 목표는 '배불리 먹는 것'

1998년 나는 부르키나파소라는 중부 아프리카 내륙국에 갔다. 사람들 중에도 운이 좋은 사람과 나쁜 사람이 있 듯이, 나라 중에도 이처럼 운이 좋은 나라와 나쁜 나라가 있다. 간단히 말해서 바다가 없는 나라는 불운하다. 바다라도 있으면 우선 어패류를 잡아서 식료로 쓸 수가 있다. 대량 화물의 해상 운송도 가능하고 생산물이 있으면 수출도 손쉽다. 그러나 내륙국은 바닷가에 포진한 나라들로부터 많은 경우 농간을 당하고 경제적 행위를 제지당한다. 또 비싼 관세를 부과당하거나 육로 수송 중에 도둑맞거나 해도 막을 방도가 없다.

부르키나파소의 수도에서 수백 킬로미터 떨어진 시골에서 우리들은 농업 지도원을 만나 새로운 방법으로 옥수수를 많이 재배했다는 부인을 만난 적이 있다. 그녀의 밭은 근처 밭에 비해 옥수수 키도 크고 가지런히 무럭무럭 잘 자랐으며 잎도 푸르게 우거져 있었다. 그 여성은 과부로 네 명의 자식이 있었다.

"정말 다행입니다. 많은 수확 덕에 돈도 많이 벌게 생겼어요."

라는 통역의 말을 듣고는 나는 이렇게 물었다.

"부인, 돈이 들어오면 무엇을 사실 생각이십니까?"

그 순간 그녀가 뭐라고 대답했을 것 같으냐고 나는 일본에 돌아와 주변 사람들에게 물어보았다.

"텔레비전이나 냉장고를 사고 싶다고 했겠지"라고 대답한 사람은 없었다. 그 마을에는 전기가 없기 때문이다. 아프리카에는 '석유 냉장고' 같은 것이 없는 것은 아니지만, 그런 고급품을 살 수 있는 생활 정도는 아니다. 다들 흙벽 오두막집에 사는 사람들이다. 그럼에도 불구하고 "자동차입니까?"라고 대답한 사람도 있었고, 나는 헛간 지붕을 수리하고 싶다는 정도의 말을 하지 않을까 하는 생각을 했었다.

그러나 그녀는 대답했다.

"우리 다섯 식구가 배불리 먹을 식량을 사고 싶습니다."

그 말이 정답이었다. 그것이 오늘의 아프리카 목표이다. 우리들은 그런 소박한 목표가 있다는 사실을 오늘날에는 생각지도 못하게 되고 말았다.

세계는 내가 사는 동네뿐

세계 많은 사람들은 대부분 멀리 나가지 않는다. 자기 나라를 벗어난 적이 없는 사람은 얼마든지 있다.

누구에게나 외국은 멀고 돈도 들고 게다가 불안한 곳이다. 그러므로 결심을 단단히 하고 떠난다. 지금도 바티칸에는 미켈란젤로가 디자인한 중세 근위병 복장을 한 창을 든 스위스 위병이 있어 관광객 카메라의 피사체가 되고 있으나, 그들 대부분은 스위스 시골 청년들로 어떻게든 국비로 동경하는 로마에 가고 싶어하기 때문에 스위스 위병에 응모한다고 한다. 옛날 왕궁을 외국 용병에게 지키게 하는 것은 유럽 왕실에서는 흔히 있는 일이었다. 자국 군대는 이런 저런 이유로 신뢰할 수 없었기 때문이라 한다.

바티칸은 로마 안에 있는 시국市國으로 다시 말해 이탈리아이다. 스위스는 그 옆에 있는 나라이다. 옆 나라에서 로마까지 관광 여행하러 나오는 정도쯤은 아무것도 아니다. 비행기를 타지 않고서도 하룻밤 버스 안에서 자면 싸게 올 수 있으리란 생각도 들지만, 스위스의 소박하고 검소한 생활을 하는 사람들의 감각으로는 로마로 나가는 것은 경제적으로나 심리적으로나 또 사회적으로도 상당히 어려운 것이 현실이다. 하지만 젊은이들은 역시 외국을 보고 싶어한다. 그러므로 로마에서 돈을 벌면서 근무할 수 있는 스위스 위병에 응모한다. 물론 그밖에도 스위스 위병이 되면 기독교 수호자가 되는 자랑스러움도 부수적으로 따르리라 생각된다. 가족이나 친척 중에 아무개가 스위스 위병으로 뽑히는 일은 사회적으로나 종교적으로 명예라 여기는 듯하다. 그 정도로 이웃 나라로 가는 것조차 많은 사람들에게는 대사건이다.

1960년 나는 브라질 아마존 강 어귀에 있었다. 그리고 거기에서 한 일본 대기업 상사 직원을 알게 되었다. 당시 이민은 그때까지만 해도 농업 이민이 많았고, 그중에는 농지의 토양 질은 좋아도 재배한 농산물을 모두 어디로 가지고 가야 시장에서 상품으로 팔 수 있는지도 모를 만큼 오지로 들어간 사람도 많았다.

"아무튼 100평방킬로미터에 인구가 두 사람밖에 없는 곳도 있으니까요."

라고 그가 말했다. 그런 곳에서는 토마토가 아무리 많이 열려도 자기 가족이 살아가는 데는 도움은 되겠지만 현금 수입과는 연결되지 않는다. 그런 식으로 일본 정부로부터 '이민移民' 아닌 '기민棄民'을 당한 사람도 많다며, 당시 아마존 유역은 무시무시한 곳이었다고 한다. 말라리아에 걸릴 위험이 있는 모기가 무척 많았고, 점심을 먹을 때에도 모기장을 치지 않으면 입에 모기가 들어갈 정도였다고 하니, 개간은 믿을 수 없을 만큼 중노동이었다.

"어째서 진작 단념하고 나오지 않으셨나요?"

당시 채 서른도 안 된 나는 그에게 이렇게 물었다. 세상 물정에 어두웠던 때였다.

"나오려고 해도 나올 만한 돈도 먹을 것도 없어요. 하루 벌어 하루 사는 생활이니까요."

정착한 이주지에서 강 어귀인 베렌까지 나오는 데만도 배로 두 달 가까이 걸린다고 한다. 그 동안 먹으면서 갈 방법이 없기에 사람들은 나올 수 없었다. 사람들은 같은 나라 안에서도 이동할 수 없는 경우가 많다.

지도를 한 번도 본 적이 없는 아이들

인도 북부의 가난한 마을에 조사하러 간 적이 있다. 이름을 정확히 밝히고 싶어 찾아보았지만 당시 노트를 찾을 수 없었다. 여하튼 하룻밤 동안 냉방도 되지 않는 푹푹 찌는 야간 열차를 타고 갔는데, 창문 셔터의 차양은 내려둘 수밖에 없었다. 그렇게 하지 않으면 정차

할 때마다 열려 있는 창문으로 거지나 도둑의 손이 불쑥불쑥 들어온다. 그 때문에 핸드백은 베개 대신 베고 자지만 그래도 날치기 당할 것만 같은 불안함에 견딜 수가 없다. 나는 큰 대자로 누워 자면서 동행자에게 꼴사납게 자는 모습을 들켰다. 몸의 일부가 겹쳐져 있으면 더워서 잘 수가 없어 대자로 누워 있었다. 그래도 우리들의 침대차는 최상급이었다. 게다가 나는 당시 인도 침대차에 탈 때에는 반드시 물걸레를 준비해 가야 한다는 상식쯤은 알고 있었다.

침대차에 이불이나 시트가 있다고 생각하는 것은 선입견이다. 이층 침대는 비닐로 싸여 있었으나 발차 전부터 이미 모래 먼지로 꺼슬꺼슬하다. 꺼슬꺼슬한 먼지 외엔 아무것도 없다. 우리도 더러워져 속상할 만한 옷은 입고 있지 않았다. 면 티셔츠말고는 나일론 등은 도저히 입을 수 없는 정도의 더위다. 그래도 나는 사치스런 기분이 아직은 남아 있었는지 먼지로 꺼슬꺼슬한 시트에서는 자고 싶지 않았다. 그래서 재빨리 갖고 있던 걸레로 시트를 닦았다. 역 홈에는 대부분 마실 수 있는 물은 아니지만 일단 수도가 있기 때문에 몇 번씩 왔다갔다하면서 동행자의 시트까지 걸레질을 했다. 그러면 깨끗해진 만큼 약간 시원한 느낌이 든다.

그렇게 해서 겨우 도착한 마을은 아침 안개가 자욱하게 끼여 있고 여기저기 닭이 뛰어다니는 평화스러운 농촌이었다. 학교 지붕은 바나나 잎으로 이었고 벽은 뜸을 덮어 씌웠을 뿐이지만 아마 겨울에도 그다지 춥지 않을 것 같기에 딱히 비참하다는 생각이 들지 않았다.

그러나 학교에는 세계 지도가 없었다. 자기 나라 인도가 어디에 있는지조차 모른다. 당연히 자기 마을이 인도 어느 쪽에 위치하는지도 모르리라. 선생님 가운데 누군가가 자발적으로 세계 지도를 만들어도 좋았을 터인데⋯. 정확하지는 않더라도 세계 전체의 모습만이라도 파악하면 되는데⋯. 그러나 지도를 읽거나 그리거나 하는 일은 추상적인 개념 파악을 필요로 하는 일이기 때문에 좀처럼 누구에게나 다 가능한 일은 아니다.

어린아이들은 가장 가까운 마을에도 가본 적이 없었다. 현금 수입이 극히 적기 때문에 버스도 탈 수가 없다. 아마 이웃 마을과 연결되는 버스도 없으리라. 적어도 아프리카에는 버스 따위 없는 나라도 부지기수이다.

행동 반경이 좁은 사람들

콩고 민주 공화국의 킨샤사는 수도인데도 아주 가끔씩 보이는 민간 버스와 무허가 버스가 몇 대 있을 뿐 공영 버스는 일체 없다. 우리들이 저녁 무렵 키갈리에 도착했을 때 도심부로 들어가는 큰 길은 금세 사람들로 인산인해를 이루었다. 내가 정치가였다면 모두 나를 마중 나온 것으로 착각했을 정도다. 사람들은 히치하이크나 그 이외의 수단으로라도 누군가가 태워줬으면 하는 필사적인 행동을 보였다. 매일매일 오고가면서 이런 시련을 되풀이한다. 나 같으면 더 이상 일하러 나가기도 지겨워져서 집에서 잠이나 자고 있을 법하다. 기다리지 않고 탈 수 있는 경우는 사람이 죽어 영구차에 탈 때뿐이라고 한다. 난생 처음 아프리카 땅을 밟은 나와 동행했던 편집자는 그 광경을 보다가 점차 할 말을 잃었다. 첫걸음부터 생각지도 못한 가혹한 현실과 맞닥뜨렸기 때문이다.

이런 이야기를 하면 어떤 사람은 "그럼 자전거를 타면 되잖아? 아니면 택시? 혹은 누군가 차를 갖고 있는 사람에게 부탁해서 같이 타든가?" 이런 식으로 말한다. 그러나 그들에게 자전거란 우리들이 생각하는 고급 자가용차와 맞먹는다. 택시를 평생에 걸쳐 단 한 번도 타본 적이 없는 사람도 있다. 그나마 실현 가능한 방법은 혹 아는 사람 소유의 고물 트럭이 이웃 마을에 나갈 때 야채 바구니와 함께 태워달라고 부탁하는 거다. 그러나 그렇게 다른 사람에게 신세를 지면서까지 먼 길을 나갈 이유는 거의 없다.

북인도 마을에서도 아이들의 머리 속에 있는 지도는 우선 집 앞에 있는 빈터, 뒷마당과 연결된 빈터, 거기에 연결되어 있는 언덕 길, 계곡, 반대편 언덕 기슭에 세워진 몇 채의 집, 그 정도이다. 그 범위 안에 있는 것들은 물 웅덩이나 세탁장, 신비한 나무나 이엉으로 둘러 싸인 학교로 가는 작은 길, 닭이 자주 알을 낳는 나무 그늘 아래 구덩이 등 무엇이든 다 잘 알고 있다. 그러나 그 외의 지역에는 갈 필요가 없는 것이다.

아프리카를 잘 알고 있는 나의 지인은 "마사이족은 창을 들고 일주일 동안이나 걸어다닌대요"라고 한다. 그런 의미에서는 건조한 아프리카나 중동 사람들이 훨씬 긴 거리를 걷는다. 그렇다 하더라도 이웃 마을에 가는 것은 아니다. 이웃 마을은커녕 이웃 동네라도 수십 킬로미터 내지 수백 킬로미터 떨어진 먼 곳에 있고 그 사이는 어디를 가나 똑같은 황야이기 때문에 이동할 이유가 없다.

자신이 살고 있는 곳이 세계 지도의 어디쯤 위치해 있는지 모른다는 사실이 살아가는 데 지장이 없을지도 모른다. 돈이 없기에 멀리 갈 수 없어도 그것 또한 인생이다. 그러나 아무리 좁은 행동 반경이라도 인생을 깊이 포착하는 안목이 있다면 나름대로 정답고 충실한 인생을 영위할 수 있다. 그 곳에도 웃음이 있고 기쁨도 있다.

길이 없는 마을들

거기까지는 차로 몇 시간 걸립니까

길은 나의 집 앞에서 시작하여 어딘가로 계속 이어져 있다. 이를 테면 가령 어떤 사람이 혼슈本州에 있다면 혼슈 안에서는 어디라도 걸어갈 수 있다. 이렇게 말하는 것도 정확치 않다. 페리 보트에 의지하지 않아도, 혼슈, 홋카이도, 시코쿠, 규슈와 그 근처 섬들은 다리나 터널로 연결되어 있기 때문에 걸어서든 차를 탄 채로든 갈 수 있다.

그러나 온 세계가 다 그렇지만은 않다. 언젠가 캄차카를 방문했을 때였다. 그 곳은 대부분 온천이거나, 전망이 좋은 화산 지역이었으니 나는 당연한 듯 "거기까지는 차로 몇 시간이나 걸립니까?" 라고 질문 하곤 했다. 그러면 종종 페트로 파브로프스크에서 그 곳까지는 길이 없어 페리로 가지 않으면 안 된다는 대답을 들을 수밖에 없었다.

가령 몇 시간이 걸려도 수도 내지는 거기에 준하는 도시와 길이 연결되지 않은 마을이 이 세상에 존재한다는 사실을 우리들은 좀처럼 생각할 수 없다. 그러나 '길이 없다' 라는 표현은 애매한 표현이다. 대지가 있는 한 길은 있을 것이다. 그러나 수백 킬로미터의 거리를 이동하는 경우 거기에는 일단은 상식적인 조건이 갖추어져 있지 않으면 안 된다. 우선 사륜 구동차라면 지나갈 수 있는지, 도중에 가솔린을 공급받을 방법은 있는지 등등 말이다. 그밖에도 길이 홍수로 수몰되어 있지는 않은지, 지나갈 수 없을 정도의 깊은 하천은 없는지, 커다란 나무가 쓰러져 길을 가로막고 있지는 않은지, 길이 자동차가 지나갈 수 없을 만큼 우거진 숲이나 숲 속에서 끊어져 있지는 않은지 등이다. 쓰러진 나무는 자연적으로 쓰러진 것이든 게릴라 등이 차를 습격할 때의 수단으로 인위적으로 쓰러뜨린 경우든 일단 쓰러진 나무 앞에서 멈추게 되면 그것을 자를 톱을 가지고 있거나 큰 나무를 옮겨 길을 내거나, 어느 한 가지도 자신이 없으면 그 길을 지나갈 수 없다.

인간은 스스로 길을 선택할 수 있으리라 생각하지만

우리가 생각하는 길이란 징검다리 스타일을 포함하여 보통 구두 밑창이 웬만해선 흙에 닿지 않는 그런 길이다. 옛날 유명한 정원 등에는 자잘한 자갈길이 아직도 남아 있는데, 그것은 멋을 위한 것으로 그 감촉을 맛보기 위해 만들어진 것이다.

교통 수단인 현실의 길이든 인생 철학을 얻기 위한 깨달음의 길이든 인간은 스스로 길을 선택할 수 있으리라 생각하지만 실은 그렇지 않다. 우리들은 이미 우리 앞에 주어진 길을 걸어갈 수밖에 없다.

　하이킹을 즐기는 사람도 아니고, 등반가도 아닌 내가 자연의 길에 대해 말한다는 것이 거슬릴지는 모른다. 그러나 나는 지금까지 길이 없는 수많은 지역을 여행했다. 사하라 북부 바위 사막 지대에서는 하루에 20킬로미터 정도 길이 없는 바위땅 위를 걸어야만 했다. 물론 나는 맨몸에 가까운 가벼운 옷차림 상태였다. 식료품이나 생활 용품들은 당나귀를 데리고 다니는 짐꾼이 그날 밤 숙소까지 날라다주었고, 도아레그족 가이드를 고용했다. 그는 열한 살 때부터 아버지의 뒤를 이어 이 황량한 인적 없는 황야를 걸으면서 지형을 익혔다고 하지만, 그럼에도 불구하고 최신 위성 사진 지도를 휴대하고 있어 나를 놀라게 했다. 그러나 길이 없는 공간이란 참으로 두렵다.

　두려운지 어떤지는 제쳐두고라도, 자고로 우리들은 어디든지 가고 싶은 목적지에 자유로운 수단과 자유로운 템포로 갈 자유가 있다. 사람이 별로 없었던 시대라면, 코끼리를 타고 뉴욕에 가는 것도 자유일 것이다. 그러나 마을이 생기고 인구가 늘어 사람들이 전철이나 자동차 등의 탈것을 이용하게 되면서 제멋대로의 행동이 허용되지 않게 되었다. 그래서 도로를 만들고, 거기에 교통 표시, 교통 법규 등의 인위적인 제약을 제정할 수밖에 없었다.

　내가 처음으로 미국에서 운전 면허증을 취득한 것은 지금으로부터 약 40여 년 전의 일이라 지금은 기억조차 희미해졌지만 그 당시에 사용했던 '운전 길라잡이' 같은 팸플릿을 하나 얻었는데 거기에는 다음과 같은 주의 사항이 적혀 있었다.

"동네가 생겼으므로 자유롭게 탈것을 타고 원하는 길로 목적지에 도달하는 일이 허용되지 않게 되었다. 그러므로 교통 규칙에 따라야 할 의무가 생기고, 거기에 필요한 지식을 면허증 발급을 통하여 체크하게끔 되었다. 그러므로 시민 모두는 이에 협력하고 규칙을 준수하여야 한다."라는 내용이었던 것 같다.

다시 말해 인간은 자유롭게 걸을 수 없게 된 다음부터 길을 만들었을 수도 있다. 그러나 인간은 그 제약에 대해서 그다지 진지하게 생각한 적이 없다.

제약은 인간이 아니라 자연이 먼저 만들었다. A지점에서 B지점으로 가는데 최단거리로 가고 싶은 마음은 굴뚝 같지만 도중에 산이 있다면 그것을 넘는 일은 무척 힘들다. 그런 경우는 우회한다. 약간의 높낮이 정도는 잘 걷는 사람이라면 아무 문제도 아닐 거라 생각하겠지만, 무거운 짐을 지고 있는 사람은 역시 약간의 경사라도 피하고 싶다.

중동에서부터 아프리카의 황야를 여행하는 동안에 나는 그 옛날의 대상로隊商路는 '와디'라고 부르며, 보통 때는 전혀 물이 없는 마른 강바닥임을 알았다. 당연한 사실이지만 그 부근에서 가장 낮고, 지대의 높낮이가 적은 지점이기 때문이기도 하며, 대부분의 경우 귀중한 나무 그늘을 제공해주는 아카시아가 자라고 있는 장소이기 때문이었다. 말라붙은 강은 일년 중 360일 정도는 전혀 물이 흐르지 않는다. 강바닥은 마른 콩고물처럼 바슬바슬한 모래뿐이다. 우기雨期는 장소에 따라 삼사 개월 정도지만, 그 기간 내내 비가 내리는 것도 아니고 수일 간격으로 내리는 것도 아니다. 단지 삼사 일에 한두 시간 정도 오고 만다.

사막에서 입사하다

언젠가 시나이 사막에서 여간해선 구경하기 어려운 비를 만난 적이 있다. 우리 입장에서 보면 가랑비 정도의 비였으며 두세 시간 동안 내렸다 그쳤다를 반복했다.

순간 머리 속에 떠오른 불편함은 비 때문에 야영을 할 수 없게 되었다는 사실뿐이었다. 다행히도 근처에 오래된 유명한 수도원이 있었다. 우리들은 그 곳으로 피해 들어가 역대 수도사들의 해골이 쌓여 있을 듯한 납골당 옆 방 같은 휑한 방의 눅눅한 침대를 가까스로 얻을 수 있었다. 물론 목욕탕도 따뜻한 방도 세면대에 거울도 없다. 매트도 얼룩투성이로 별로 기분이 좋지 않았다.

다음날 아침 나는 수도원에서 보이는 절벽에 작은 폭포가 생긴 것을 발견했다. 어제는 없었다. 우리들을 태워온 군인 수송차 운전 기사는 그것을 보더니 빨리 여기를 벗어나지 않으면 위험하다면서 몹시 서둘렀다. 대체 무엇이 위험한지 나는 영문을 알 수 없었다. 아무튼 본래 군용차이기 때문에 낡기는 했지만 차 높이는 높고 차체도 튼튼했다. 운전 기사는 원래 병사 출신으로 이 주변 황야를 뛰어다녔던, 지리에 정통한 베테랑이었다.

나는 사막의 모래가 어떤지를 몰랐다. 모래에 관해서는 어린 시절 모래사장이나 해변에서 놀던 때의 기억밖엔 없다. 그런 모래는 물을 주면 무한정 흡수했다. 삼촌 한 분께서 지바千葉 해변에서 가까운 모래땅에 집을 짓고 사셨는데, 어머니께서는 늘 삼촌이 살고 계신 곳은 모래 지대라서 습기가 없어 건강에 좋다고 말씀하셨다. 그것이 우리들이 생각하는 모래이다.

그러나 황야의 모래는 다르다. 황야에는 여러 가지 단계가 있는데, 모래 사막과 흙먼지 사막과 바위 사막으로 구분할 수 있다. 게다가 모래 사막과 흙먼지 사막이 혼합된, 혹은 흙먼지 사막과 바위 사막이 혼합된 경우도 있다.

그런 지역의 모래는 물을 먹으면 표면이 이내 시멘트 상태로 굳어 버려 그 다음에 내리는 비가 스며들지 못하게 한다. 물은 정확히 보다 낮은 지점을 향해 모여들기 때문에, 보통은 물 한 방울 없는 마른 강으로 갈색 모래 연기를 일으키며 밀려든다. 빗물이 모두 이 마른 강에 모이기 때문에 강수량은 순식간에 늘어나 그것은 무서운 탁류를 넘어서, 때로는 물의 벽이 되어서 밀려닥친다. 이럴 경우 아무것도 모르고 걸어서 여행을 하는 사람그런 사람은 지금도 얼마든지 있다, 낙타나 당나귀를 끄는 상인, 관광객을 태운 버스 등이 마른 강 바닥을 지난다면 큰일이다. 그들은 세찬 격류에 휩쓸려 사막에서 익사하게 된다. 기상 예보나 경보가 있지 않은가? 이렇게 묻는 사람도 있다. 수백, 수천 킬로미터 떨어진 곳, 무수히 많은 메마른 강이 있는 지역은 거의 무인의 세계다. 기상 관측 거점도 없다. 애초부터 전기가 없기 때문에 관측도 할 수 없고, 그 결과를 먼 곳으로 보낼 수도 없다.

기상 관측도 예보도 없는 상류에 비가 내려도 하류를 여행하고 있는 사람은 한가로이 햇살이 작렬하는 대지를 느긋하게 걷고 있다. 상류에 비가 온다는 사실을 알 리가 없다. 그런 상태에서 갑자기 진흙 벽이 밀려드는 것이기 때문에, 햇빛 쨍쨍한 사막에서 그들이 탁류에 휩쓸려 익사할 위험이란 결코 없다고 할 수 없다.

유용하면서도 위험한 아시아 길

일년에 몇 번씩 몇 시간 동안이나마 비가 내리기 때문에 이 메마른 강에는 말라비틀어진 땅에서 살아갈 수 있는 유일한 나무라 할 만한 아카시아가 자란다. 큰 것은 높이 3미터 정도 된다. 상공에서 보면, 거무튀튀한 잎에 먼지가 쌓인 아카시아가 곤충 핀의 머리처럼 점점이 늘어 서 있다. 그 점을 이으면 마른 강의 흐름을 확실하게 추정할 수 있다.

왜소하나마 아카시아나무 밑은 분명 귀중한 나무 그늘이다. 때문에 우리 여행객들은 마치 빨려들어가듯이 그 곳에 모여든다. 터번을 두르고 풍성한 장옷을 입은 사막의 남자들은 그림 같은 포즈로 그 아래에서 잠들거나 차를 마시거나 담배를 피운다. 그러나 사람이 모이는 장소에는 파충류도 모여든다. 전갈이나 도마뱀은 스스로 체온을 조절할 수 없기 때문에 나무나 돌 아래에 있다. 사람보다 먼저 온 손님이다. 전갈에게 물리지 않는 방법은 돌을 옮긴 자리에는 앉지 않는 것이라 들었다. 돌 아래는 서늘하기 때문에 전갈은 거기에 모여 있다고 한다.

아무리 서늘하게 보일지라도 아카시아나무 아래에 절대 차를 세워서는 안 된다고 하는 사람도 있다. 아카시아는 가시가 있어 나무 밑에는 가시가 많이 떨어져 있다. 그 가시가 타이어를 찌르면 그 당시에는 아무렇지 않아도 몇 시간 후에는 서서히 타이어 공기가 빠져나가 사고로 이어지기 때문이라 한다.

이스라엘 등지에 가보면 황야의 언덕 위에 가느다란 횡선이 무수히 많은 것을 볼 수 있다. 수천 년에 걸쳐 양이나 산양이 짧은 풀을 뜯어먹으며 걸어간 길이다. 양 발굽 역사의 흔적이다.

몽골에 갔을 때 길에 대해 새로운 감각을 배웠다. 몽골에서는 지금도 시골 사람들이 이동할 때는 기본적으로 말을 타고 다닌다고 생각하고 있다. 물론 최근 들어 부자들은 물을 길으러 갈 때도 트럭을 사용하고 사륜 구동차 타는 것을 멋있게 생각하지만 말이다. 사륜 구동차 운전사도 초원에 들어서는 순간 운전 자세가 바뀐다. 자동차를 타고 있지만, 마치 말을 타고 있는 듯 용맹스런 기분이 드는 듯 말이다.

몽골의 인구는 겨우 230만 명 정도. 목축업자의 소득을 명확히 따지는 어려움도 있고 해서 나라의 세수도 궁핍하다고 한다. 따라서 돈이 없어 고속 도로 등의 인프라 정비도 하기 어렵다고는 하지만, 실은 무엇 때문에 포장 도로를 만들어야 하는지 몽골인들은 전혀 납득하지 못하는 게 진실이 아닐까 하는 생각을 했다. 그들에게 있어 대지는 고속 도로 따위 만들지 않더라도 그 옛날 칭기즈칸과 한니발 시대처럼 어디라도 최단거리로 갈 수 있는 그들만의 길이기 때문이다.

사람을 배신하는 험로

우리들은 길에 대해 과신하고 있다

'험로' 라는 말이 어휘로는 이해가 되어도 사실 대부분의 사람들에게는 현실감이 없을 터이므로 좀더 설명을 덧붙이고 싶다.

앞 장에서도 기술한 바와 같이 길이란 인간이나 동물이 단지 걷기에 편리한 조건을 갖춘 선이며, 기본적으로는 발로 밟아 고르게 다져진 것뿐으로 포장 등은 되지 않은 상태를 말한다. 그런 정도의 소박한 기능밖에 갖고 있지 않으므로 본래 길은 결코 '확보되어' 있는 것도 아니고, '전천후' 의 기능을 갖춘 것도 아니다. 요컨대 항상 이용할 수 있다는 아무런 보증이 없다.

우리들은 길에 대해 과신하고 있다. 홍수의 경우는 물, 땅 일부가 경사면을 따라 이동하는 사태가 날 경우는 토사, 게다가 지진에 의한 파괴가 없는 한, 길은 항상 사용할 수 있는 것이라 믿고 있는 것이다. 길이나 다리는 공중 폭격이나 포격으로 언제 끊어질지 모르므로 두 개의 간선 도로는 거리를 두고 건설해야만 한다는 생각을 하는 사람도 거의 없는 듯하다.

그러나 개발도상국에서 길을 통과할 수 없게 되는 이유란 아주 간단하다. 정비 불량 트럭이 정말 똑같은 지점에서 동시에 옆으로 전복되는 일이 '놀라운 우연'도 아무것도 아니다.

이유는 명료하다. 우선 사고가 일어난 지점의 길설령 포장의 흔적이 있어도 구멍투성이인 경우가 대부분이므로과 갓길의 높이 차이가 두드러진다. 게다가 낡고, 새시도 휜 낡은 트럭이 적재 중량 제한을 훨씬 넘어선 양의 짐을 싣기 때문에 처음부터 기울은 상태로 싣고 달려온다.

두 대가 동시에 서로 피하려 하면 두 대 모두 한쪽 바퀴가 차이가 심한 갓길로 떨어진다. 이 이야기는 내가 꾸며내서 하는 말이 아니다. 아이티에서 실제로 체험한 이야기이다. 현장에서 사고에 휩쓸려 깔려 죽지 않은 것만으로도 우리들은 감사했다. 그러나 사고가 바로 수습되지는 않는다.

하필이면 두 대의 트럭이 같은 지점에서 동시에 옆으로 넘어졌으니 길은 전혀 지나갈 수 없게 된다. 견인차 등도 어느 정도 멀리 있는지 알 수 없기 때문이다. 구경꾼이 모여들 뿐, 복구에는 잘해야 여남은 시간, 일이 잘 안 풀리면 며칠씩도 걸린다.

견인차가 도착하기 전까지 사고를 알릴 방법이 없다. 전화가 있는 곳까지 수십 킬로미터 가야 하는 경우도 그리 놀라운 일이 아니다.

다닐 수 없는 길

사고가 없어도 길을 지나다닐 수 없는 이유를 설명하고자 한다.

길은 종종 우기에는 오랜 동안 이를테면 수개월 동안이나 물에 잠겨 있다. 우기가 끝날 즈음이 되어, 어느 정도 물이 빠진 상태라도 길은 진창길이다. 타이어가 진창을 이기며 파헤치고, 다음 차가 더더욱 깊게 파고 그것이 반복되다 보면 파인 바퀴 자국의 깊이는 때론 1미터를 넘는다. 좌석에 앉은 내 눈앞에 길의 평면 부분이 보일 때도 있다.

이것을 피하기 위해서는 최소한 스콥자루가 짧은 삽, 와이어, 철판 이 세 가지가 필요하다. 이러한 험로가 많은 나라를 달리는 차일수록 스콥을 갖고 있지 않다. '어라? 어째서?'라고 묻기 전에 그 대답을 생각해봤으면 좋겠다.

그것은 두 가지 이유에서다. 첫 번째 이유는 스콥은 고가라 살 수 없기 때문이다. 오늘 저녁 식사조차 변변히 준비할 수 없을 만큼 빈곤한 사람들이다. 오늘 당장 아이들을 배불리 먹이는 일이 무엇보다 중요하다. 스콥이라는 사치스러운 공산품 따위를 누가 돈 주고 사겠느냐는 의미이다.

두 번째 이유는 그런 원시적 사회에서 사는 사람들은 진창에 빠질지도 모른다는 가공의 사태를 예측하는 습관이 없다. 아직 현실에서 일어나지 않은 일을 '만약에' 라는 형태로 예측함은 인간만이 지닌 능력이지만, 그것은 교육에 의해서 개발되는 듯하다. 왜냐하면 믿기 어려운 일이지만, 진창에 빠지는 일이 다반사인 나라일수록 이런 예측이 불가능하고, 따라서 험로에 갇혔을 때를 대비한 준비는 전혀 되어 있지 않다.

차가 두 대라면 와이어로 견인하여 진창에서 빠져나올 수가 있다. 마을은 어디나 가난한 농민이나 실업자뿐이기 때문에 남자 일손은 얼마든지 있어 차를 밀어달라고 부탁하는 일은 손쉽겠지만, 그래도 무거운 차라면 견인하는 편이 낫다. 그러나 견인용 와이어를 가지고 다니는 차는 별로 없다. 나일론 로프 등으로 끌면 금방 끊어져버리고 만다.

철판을 바로 생각해낼 만한 사람은 요즘은 매우 드물 것이다. 철판은 폭 50센티미터 정도의 강철제의 긴 판에 동그란 구멍을 연속해서 뚫은 물건이다. 구멍을 뚫음으로써 무게가 가벼워지고 다루기도 쉬워진다. 폭격으로 공략한 듯 울퉁불퉁한 땅에 단시간 내에 간이 도로나 임시 비행장을 만들 경우, 옛날에는 이 철판을 늘어놓고 사용했다. 옛날 차량은 무겁지 않았고, 비행기는 프로펠라기가 거의 대부분이어서 그럭저럭 철판을 활주로로 사용했을지도 모른다.

그 철판을 트럭 중앙에 붙이고 달리는 광경을 오랫동안 볼 수 있었다. 그러나 1980년대부터 철판을 소형 가방에 접어서 넣을 수 있을 정도로 간편해졌다. 물론 이렇게 편리한 물건을 가난한 지역 사람들이 가지고 있을 리는 없다.

진창에 빠지면 타이어 뒷부분에 철판을 깐다. 철판이 없다면 나뭇가지, 재목, 멍석 등을 끼우고, 반드시 후진으로 천천히 나오는 게 상식이다. 그러나 이런 운전 기술도 모르는 사람들이 그 지역엔 많다.

마을과 마을 간의 실감 거리는 마일이나 킬로미터로 표시되는 지도상의 거리와는 완전히 다르다. 선진국에서는 100킬로미터 떨어진 곳의 시내라면 고속 도로를 이용해 약 한 시간 정도 드라이브하여 그곳에 있는 백화점에 맘 편하게 쇼핑하러 가기도 한다.

그러나 비포장 험로는 종종 시속 30킬로미터, 20킬로미터, 심할 때는 시속 15킬로미터 혹은 5킬로미터밖에 달릴 수 없는 경우도 있다. 아니, 시속 5킬로미터로라도 달릴 수 있으면 그나마 다행이라고 말하는 사람조차 있다.

누구라도 이러한 험로를 만나면 마라톤 선수를 떠올린다. 그들은 시속 20킬로미터 가까운 속도로 달리는데, 보통 사람이라도 시속 10킬로미터 정도로 조깅할 수 있는 사람들은 꽤 있을 것이다. 그러므로 우리들은 이러한 험로에 갇히게 되면 으레 '걷는 편이 빠르다'라는 허황된 생각을 한다. 걷지 못하는 이유는 짐이 있기 때문이다. 맨몸이라면 누구든 걷는 편이 훨씬 빠르다고 안달을 한다.

때론 비극으로 이어지는 길

험로는 종종 심각한 비극을 초래한다. 위급 환자나 부상자가 간신히 의료 기관에 도착하기도 전에 호흡이 끊어지고 만다.

선진국과는 달리 수백 미터 내지 1킬로미터 정도 거리에서 병원 간판을 볼 수 있는 나라가 아니다. 마을은 대부분 무의촌이다. 이름뿐인 의사라 할지라도, 어쨌든 상처를 꿰매고 지혈을 할 수 있는 의사가 있는 마을까지는 30킬로미터 된다고 치자. 선진국이라면 의료 기관이 이토록 멀리 떨어져 있다는 사실은 상상할 수도 없는 노릇이지만, 30킬로미터 떨어져 있다 해도, 30분 정도면 도착할 가능성이 높다. 그러나 시속 10킬로미터밖에 내지 못하는 길이라면 30킬로미터는 세 시간이나 걸린다. 그 사이에도 험로는 부상자를 위 아래로 뒤흔들어놓으며 조용히 잠들게 내버려두지 않는다. 출혈은 점점 더 심해진다.

소 뿔에 배를 찔린 소년들에 대한 이야기를 들은 적이 있다. 아프리카 소년들은 한가롭게 학교에만 다닐 수 있는 처지가 아니다. 소치기는 아이들의 중대한 임무다. 부모들은 아이들에게도 하루 종일 일을 시키고 싶은 게 솔직한 심정이다. 학교 따윈 보내고 싶지도 않다.

그러나 자신들처럼 읽고 쓰고, 덧셈 뺄셈도 못하게 되면 장차 좋지 않다는 문제도 잘 알고 있다. 그러므로 학교에 보내기는 하지만, 아이들이 집에 돌아오면 바로 소 모는 일이 기다리고 있다.

소 가운데는 우리가 흔히 볼 수 있는 짧은 뿔이 안쪽으로 말려 있는 그런 온순한 소는 오히려 적었다. 뾰족한 뿔이 바깥으로 벌어져 길게 뻗어 있었다. 실제로 소치기 소년들은 때때로 이런 흉기와도 같은 소의 뿔에 배를 찔려 내장이 삐져나오는 중상을 당한다.

그래도 마을에는 의사가 없다. 구급차도 없다. 구급차 조직 등을 만들 수도 없다. 마을에는 전기가 없기 때문에 전화도 없다. 전화가 없으니 구급차를 부를 방법 또한 없다. 휴대 전화를 사면 어떻겠느냐고? 그런 벽지에는 수신 시스템도 물론 없을 뿐더러 휴대 전화 한 대 살 돈이면 우선 부모 자식 일곱 여덟 명이 한 달을 살 수 있다.

마을에는 자동차 한 대조차 없다. 다만 그 곳에 외국인 선교사가 있는 경우는 그들이 작은 차로 의사가 있는 마을까지 태워다줄 가능성은 있다. 그것은 최대의 행운이기도 하다.

그러나 배를 찔려 장이 튀어나온 소년이 다른 마을에 도착할 때까지 생존하기란 대단히 어렵다. 계속되는 고통과 통증조차 가라앉히지 못한 채 괴로워하며 차 속에서 숨이 끊어져간다. 사실대로 말하자면 소년을 죽인 것은 소가 아니다. 빈곤과 정부의 무정책, 그리고 험로인 셈이다.

사고가 아니더라도 험로는 어마어마한 먼지를 일으킨다. 자동차가 무슨 색깔인지는 한 20분 정도 달리다보면 그다지 의미가 없음을 알게 된다. 창문에건 본체에건 글자를 쓸 수 있을 정도다.

먼지 때문에 눈에 상처를 입는 사람도 많다. 각막 부상이 많기 때문에 치료를 받기 전에 일분 일초라도 빨리 항생 물질인 점안약을 투여할 필요가 있다. 그러나 시골에는 설령 진료소가 있다고 해도 항생 물질의 점안약 같은 약이 있을 리 없다. 방치하는 사이에 각막이 곪아, 실명에 이르는 사람이 상당히 많다. 건강한 사람조차 제대로 먹이지 못하는 나라인데, 실명한 사람까지 부양하지 않으면 안 되게 된다.

길도 다리도 ♦아주 쉽게 사람을 배신한다

마다가스카르의 시골을 방문했을 때의 부끄러운 기억을 이야기하지 않을 수 없다. 우리들이 들어가려고 했던 곳은 수도에서 약 350킬로미터 떨어진 파아나란초아라는 마을로 거기까지는 상당히 양호한 포장 도로로 되어 있었다. 목적지는 그 안쪽으로 약 50킬로미터 더 들어가는 마을이었다.

겨우 50킬로미터 정도냐고 물을 수 있다. 그 정도는 별것 아니지 않느냐는 말투로 말이다. 그렇지만 그 50킬로미터가 보통 만만치 않은 게 아니다. 세 시간 반이 걸렸다. 시속 17킬로미터밖에 내지 못하는 길은 험로임에 틀림없다.

그 50킬로미터 안쪽 마을에 엔도 요시코라는 일본인 수녀가 간호사로 혼자 들어와 활동하고 계신다. 엔도 수녀와 수도인 안타나나리보에서 만나, 파아나란초아까지 비교적 편안한 드라이브를 즐겼다. 우리는 몇 대의 사륜 구동차를 빌려 쓰고 있었다.

파아나란초아에는 수녀가 살고 있는 마을 진료소에서 보낸 한 대의 사륜 구동차가 마중나와 주었다. 그때 나는 동행자에게 말했다.

"마을 생활이 무척이나 단조로운가봐요. 그러니까 우리 같은 손님이 오는 일도 드물어서 이렇게 일부러 마중 나와주는 것 아니겠어요."

그런데 그렇지 않았다. 마을까지 50킬로미터를 가는 동안 네댓 개의 작은 강이 있었다. 다리 위에 걸쳐 널빤지를 받치는 기둥이 있었고, 그 위에 사람이 걸어서 건널 수 있을 정도의 판자가 드문드문 놓여 있었다. 원래는 판자가 제대로 빈틈없이 깔려 있었다고 하지만, 한 장 한 장씩 도난당해 지금은 겨우 사람이 건너다닐 수 있을 정도의 판자만 남아 있었다.

그러나 이 정도의 판자로는 설령 그 판자가 아무리 탄탄해 보인다 해도 사륜 구동차의 무게를 견딜 수 없다. 때문에 마중 나온 차는 차 위에 필요한 만큼의 판자를 싣고 있었다. 강가에 다다르면 모두들 다리에 판자를 깔았다. 사륜 구동차가 모두 지나고 자기가 깔았던 판자는 다시 수거하여 다음 다리를 건너기 위해 가지고 간다. 마중은 정서적 배려가 아닌 필수 사항이었다.

다리가 있으면 당연히 강을 건널 수 있으리라는 생각은 큰 오산이다. 다리가 있다 해도 다리 위에 걸칠 널빤지가 있느냐 없느냐, 거기에서 문제는 시작된다.

물 한 동이의 생존

자연보다 내가 우선 보호되어야 한다

사실 물이야말로 중동과 아프리카의 생사를 지배하는 요소다. 물만 있으면 식물이 자라고 그 식물을 먹는 동물도 살 수 있기 때문에 토지 문제의 95퍼센트는 해결된 것이나 다름없다. 만성적으로 물이 부족한 토지에 사는 사람들은 '자연 보호'라는 말을 의식해본 적이 없을 것이다. 자연 현상은 그들의 타고난 본능으로 어느 정도 이해되지만, 거기에는 도시인이 그런 말을 할 때에 갖는 이상주의적인 판타지나 전지구적인 이데올로기는 없을 것이다. 왜냐하면 보호되어 마땅한 것은 우선 '나 자신, 즉 인간'이지 결코 자연이 아니라는 사실을 그들은 알고 있기 때문이다.

인간은 물가에 동물이나 벌레처럼 운집하여 살아간다. 나는 인도차이나 반도의 큰 강과 아프리카의 오아시스를 보기 전까지는 이러한 사실을 명확하게 의식한 적이 없었다. 어떤 사람은 해안 풍경을 좋아하고, 어떤 사람은 높은 건물에 살고 싶어하고, 또 어떤 사람은 복잡한 골목길처럼 지나가는 사람들 발소리가 끊이지 않고 들려오는 곳이 아니면 쓸쓸해서 싫다고 한다. 저마다 살기 적합한 장소란 제각각 다양한 심리적인 요소로 결정되고, 사는 곳이 결정되면 물은 어떻게든 해결된다.

그러나 대부분 지역에서는 물의 존재가 사람들이 사는 장소를 제약했다. 강이나 물이 솟아나오는 곳이 아니면 인간은 살 수가 없다. 2001년 9월 11일 동시 다발 테러 이후, 오사마 빈 라덴과 그 측근들은 미국의 공폭을 피해서 아프가니스탄 어딘가에 숨어 있지 않았을까? 틀림없는 대답은 이 하나뿐이다. 그들은 물이 있는 곳에 있었다.

물론 강이나 오아시스 주변이라고 해도 그 거리는 우리의 감각으로는 엄청난 차이가 있다. 왜냐하면 우선 도시인이 사용하는 물의 양과 그들이 필요하다고 생각하는 물의 양은 상당한 차이가 있기 때문이다. 도시인은 목욕을 하고 집 안을 물로 닦고 세탁을 한다. 이런 일들을 지극히 당연하다고 여기고 있다. 그러나 이 곳 대부분의 사람들은 이 세 가지 일을 하지 않기 때문에 사용하는 물의 양은 식수와 얼굴이나 손발 정도를 씻는 게 전부이다. 그 정도 물의 양이라면 2킬로미터나 3킬로미터 혹은 좀더 멀더라도 물을 길어올 수 있다.

물이란 어쩌면 무게에서는 전혀 변동이 없는 물질이리라. 물 1리터는 언제나 1킬로그램이다. 나무나 옷감이나 가죽은 결코 그렇지 않다. 무거운 나무가 있으면 가벼운 가죽이나 옷감도 있으니까.

전 세계의 물 긷는 여자들

고베 대지진 때, 고베에서 지진을 체험한 아들이 내게 이렇게 충고했다.

"관서 대지진을 보고 그 곳에서도 플라스틱 물통을 준비하려고 생각하고 계실 텐데, 절대 20리터들이를 사면 안 돼요. 20리터들이는 보존 용기로서는 좋지만, 급수차가 있는 곳에 그것을 들고 물을 받으러 간다는 일이 사실상 불가능하거든요."

아들의 말에는 내가 무거운 것을 들지 못할 거라는 약간의 무시와 위로가 담겨 있을지도 모른다. 아들 말로는 플라스틱 물통 10리터들이 두 개를 양손에 들고 급수차가 있는 곳까지 가는 것이 가장 합리적인 방법이라고 한다. 급수차에서 부엌까지 10미터인지 20미터인지 정확히 알 수는 없지만, 아무튼 20리터, 20킬로그램 무게의 물건을 양손에 나누어서 드는 것이 겨우 가능하리라.

그런데 세계 도처의 여자들이 그것도 장거리를 무거운 물 항아리에 물을 담아 머리나 어깨에 지거나 끈을 매어 등에 지고 나르는 모습을 보았다. 나는 정말 그런 흉내조차 불가능한데 말이다. 단순히 그 하나만으로도 내게 불가능한 일을 해 보이는 사람들에게 나는 존경을 표했다. 그리고 최근에 어떤 곳에서는 물 항아리가 커다란 플라스틱 물통으로 교체되고 있어 마음이 놓인다.

75

어찌하여 물 긷는 일이 세계적으로 여자의 일이 됐는지는 매우 흥미진진한 사실이다. 물론 남자들은 그 외에도 할 일이 많았다고 하기보다는, 살아가기 위해 먹을 것을 확보하는 모든 일은 남자들의 어깨에 지워졌다. 그러므로 '비교적 수월한' 물 긷는 일은 여자들의 몫이 되었으리라.

사막의 지도엔 오아시스가 표시되어 있다

나는 마흔 무렵부터 성서 공부를 시작했다. 너무 늦었지만 그런대로 도움이 되었다. 나는 신앙을 돈독히 하기 위해 성서를 공부한 게 아니라 오히려 예수 시대의 실생활에 깊은 흥미를 가졌었다. 예수의 어머니 마리아가 어떤 식으로 사셨는지도 끊임없이 생각해보았다.

그 당시 여성은 일년에 몇 번씩 예루살렘 순례에 나서는 것 외에는 거의 집 안에서 생활했던 것으로 보인다. 순례 도중 도적에게 습격당할 위험도 있었기에 마을 사람들은 집단으로 순례에 나섰다.

순례를 제외하고는 여성은 집에 있었다. 곡식을 빻고, 실을 잣고, 요리를 하며 유일한 외출이라 하면 샘에 물을 길러 가는 일뿐이었다. 이런 패턴은 지금도 이슬람권에서는 답습되고 있는 듯하다.

샘은 여성들의 대화의 장소였다. 찻집도 식당도 수퍼마켓도 없는 생활이므로. 물가에서 수다조차 즐길 수 없었다면 숨이 막힐 지경이었으리라. 집과 물가는 상당히 떨어져 있기는 했지만, 어차피 남의 이목이 있어 위험하지는 않은 곳이었다. 그렇지 않으면 여성들은 절대로 혼자서는 걸어가지 않았다. 더군다나 모르는 남자와의 대화란 조신하지 못한 행동으로 허락되지 않았다. 때문에 성서에서 예수가 생면부지의 사마리아 여자와 생명수에 대해서 문답을 나눈 것은, 상대가 당시 유대인에게 차별을 받고 있던 사마리아인이고, 여성이라는 사회적 제약을 뛰어넘은 그야말로 혁명적인 자유인의 행동이었다고 해석할 수 있다.

수맥은 대다수의 토지에서 대단히 귀중하다. 우리가 우물을 판다고 해서 대부분의 장소에서 물이 나오지는 않는다. '샘, 즉 오아시스'는 수천 년 전 옛날부터 물이 나오는 장소가 정해져 있다고 들었다. 때문에 성자 가족이 살았던 베들레헴이나 마리아가 사촌 엘리자베스를 찾아갔던 아인카렘 등의 우물이나 샘은 아마 예수 시대와 같은 장소에 있을 거라고 한다. 혹은 이집트를 탈출한 모세가 40년 간 황야를 떠돌아다니던 시대에 아마도 틀림없이 들렀음 직한 시나이 반도의 오아시스는 분명 모세와 그가 거느리던 사람들을 보았으리라. 오아시스는 여기저기 마구 널려 있는 물건이 아니다.

오아시스에는 꿈과 같은 푸르름이 있다. 대부분의 경우 위풍당당한 야자나무 숲이다. 정연하게 심어진 야자나무 숲을 보고 있을 때만큼 '아, 이 땅 주인은 부자구나' 하는 생각이 드는 적도 없다. 왜냐하면 다른 땅은 진갈색으로 말라 비틀어진 불모지이기 때문이다.

오늘날 오아시스의 대부분은 증발을 막기 위해서 뚜껑을 덮어두거나, 물 역시 지하에서 빗살처럼 생긴 분수 장치를 사용하여 그 오아시스 이용권을 가진 부족들에게 공평하게 배분된다. 그럼에도 중동을 달리는 트럭의 문 따위에는 가끔씩 파란 물로 가득 찬 호수 같은 오아시스 주변에 귀중한 푸른 풀과 부의 상징인 야자나무가 그려져 있다. 구체적인 그림은 우상 숭배의 원인이 되므로 그리면 안 된다는 이슬람 사회의 풍조가 있음에도 불구하고 말이다. 오아시스 주변에 야자나무 그늘이 드리워진 푸른 풀 위에 엎드려 누운 기분이야말로 그들이 상상하는 천국에 가까운 경지이리라.

오아시스 주변의 농업은 정말이지 머리를 잘 썼다. 어차피 더워서 야채든 뭐든 재배하기 힘든 토지이기 때문이다. 그들은 과일 나무를 섞어 심는다. 우선 키가 큰 대추야자나무를 심는다. 그 아래 석류나 무화과 같은 키가 작은 나무를 심는다. 그 두 종류의 나무 그늘 아래 콩 등의 푸성귀를 심는다.

나는 이런 광경을 보는 게 기분이 참 좋다. 키가 큰 야자나무가 아버지, 그 아래 과수가 장년의 아들들, 그리고 지면에 낮게 근근이 자라나는 채소가 그들의 여동생들처럼 보인다. 거기에는 가난하지만 오순도순 달라붙어 함께 살아가는 따뜻한 가족의 모습이 어려 있다.

오아시스가 얼마나 귀중한 선물인지 그것들의 위치가 지도상에 명기되어 있는 것으로도 알 수 있다.

오아시스 물은 위험하다

시나이 사막을 군대 수송차로 이동하는 여행에 참가한 적이 있었다. 당시 우리들은 오아시스 한 곳에 들를 예정이었다. 나는 출발 전에 받은 일정표의 지명으로 그 위치를 내가 갖고 있는 지도에서 확인할 수 있었다. 나는 그 곳에서 영화관이 있을 법한 근사한 마을을 상상하지는 않았지만, 가보니 정말로 공원의 연못만큼 커다란 오아시스 주변에 야자나무 잎으로 지붕을 인 민가가 열두세 채 있을 뿐, 마을이라고까지는 할 수 없는 취락이었다. 그래도 역시 오아시스란 존재는 그 지방에서는 중대한 의미를 지니므로 지도에도 기재되어 있었으리라.

그런 오아시스는 생명의 거점이고 산물의 중심지이기도 하지만 오아시스 물이 몸에 좋다고만은 할 수 없다. 온도가 조금이라도 올라가게 되면 피부에 흥건하게 땀이 배어 목욕을 하고 싶다든지 옷을 빨고 싶다든지 하는 생각이 드는 법이다. 그러나 메마른 토지에서는 세탁이나 목욕의 욕구조차 없다.

우리들은 강물을 보면 바로 발을 담그거나 뛰어들어 헤엄치거나 한다. 그러나 아프리카에서의 그러한 행동은 대단히 위험하다. 이렇게 말하면 악어가 있기 때문이냐고 반문하는 사람도 있었다. 악어가 있을는지도 모르겠지만 무엇보다 인간의 피부 속으로 침투하는 여러 가지 기생충이 있을 가능성이 더 많기 때문이다.

'강의 장님'이라고 불리는 옹코서르카 병도 그중 하나이다. 시력을 잃게 하는 기생충이 피부로 해서 체내로 들어가 그 유충의 면역 반응이 시력을 잃게 하는 것인데, 그 기생충을 옮기는 곤충은 강 속에서 번식한다. 나는 중부 아프리카의 부르키나파소의 어떤 지방에서 한 마을의 3분의 1에 해당하는 사람들이 이 병으로 시력을 잃어 1킬로미터 정도 마을 전체를 옮겼다고 하는 곳에 가본 적이 있다. 가난한 마을이었으므로 맹인은 단지 하루 종일 앉아 있을 뿐이었다. 라디오나 카세트 테이프도 CD 플레이어도 없다.

돈을 들여 담수를 만드는 나라

'브르이리아르사'라는 병이 있다. 그것은 피부나 살이 문자 그대로 썩는 냄새를 풍기며 썩어들어가는 병으로 참으로 비참한 질병이다. 나는 이 병을 고트디부아르에서 처음 보았다. 소년의 정강이 살이 떨어져나가 뼈가 보이고, 어떤 소녀는 유방도 썩어 없어져버리고 말았다. 썩은 살을 떼어내고, 씻고 소독하는 과정을 되풀이하면 조금씩조금씩 건강한 살이 다시 돋아난다고 한다. 고트디부아르에 수백 명뿐이라고 들었는데, 조사해보니 오스트레일리아와 베냉 등 전 세계에 모두 합쳐 수만 명의 환자가 있음이 밝혀졌다. 이 병도 그 지방 의사들은 경험상 '강과 관련이 있다'고 설명한다.

선진국을 한 발짝이라도 벗어나면 우리들은 병에 담은 물을 사서 마시지 않으면 안 된다. 물 한 병은 1달러나 2달러로 레스토랑에서 판다. 포도주는 물보다 약간 비싸다.

우리는 그런 물로 목욕을 하고, 수세식 화장실에서 물을 흘려보낸다. 정원수도 음료수다. 이러한 낭비는 세계적인 수준이다.

산유국인 쿠웨이트나 사우디아라비아 등은 석유는 나와도 물은 거의 없기 때문에 해수를 담수로 만든다. 비싼 물이다. 그래도 석유로 벌어들인 돈이 있기 때문에 그러한 일이 가능하다.

우리 나라에는 비가 내려 나무마다 푸르름이 철철 흘러넘칠 정도로 짙푸른 나무가 되고, 손바닥만한 정원에서도 풀이 끊임없이 자라난다. 아내가 남편이 풀 뽑는 일을 도와주지 않는다고 불평하면, 남편은 "가뜩이나 회사일로 피곤한데 일요일에 풀까지 뽑으란 말이야" 하며 화를 내고 결국 부부는 다투게 된다. 이러한 광경을 아랍 산유국의 왕들이 본다면 신은 참 불공평하다고 생각하리라. 돈을 들여 담수를 만들지 않으면 안 되는 나라도 있고, 담수가 거저 하늘에서 내려오는 나라도 있으니 말이다.

에이즈든 설사든 죽는 건 마찬가지다

약상자를 두고 온 죄책감

아프리카 말리의 도곤이라는 마을에서의 일이었다. 우리는 유명한 돔브크투에 갈 생각으로 말리에 들어갔는데, 주유소나 그 지역 사정에 밝은 사람에게 물어봐도 돔브크투까지의 길은 통행 불가가 되었다고 했다.

돔브크투 대신에 당일치기 여행으로 나선 도곤도 주변은 마치 험로의 샘플과 다름없는 곳이었다. 할리우드 액션 영화만큼은 아니었지만, 우리들이 타고 있던 사륜 구동차가 바위 계단을 오르리라고는 상상도 못했다고 그 당시 내 일기장에 기록되어 있다. 물론 모양이 반듯한 돌계단이 아니다. 급경사의 울퉁불퉁한 바위투성이 언덕길을 기어올라갔다. 당연히 차 안에 있는 사람들은 위아래로 흔들리며 보호모를 썼더라면 좋았을걸 하면서 후회도 했다. 평지로 접어들어도 포장이 안 되었기 때문에 먼지만 자욱하게 끼고 모두들 점차 이야기할 기운조차 잃어버렸다.

우리들이 있던 말리의 마을 도곤은 문명의 배려라곤 조금도 찾아

볼 수 없었다. 골짜기는 깊고 바위의 일부에 걸린 듯 세워진 인가는 땅과 분간하기 어려웠으며, 눈 아래 보이는 골짜기에서 날아다니는 제비들을 우리 인간이 내려다보고 있었다.

그러고 있는데, 때가 잔뜩 낀 더러운 옷을 입은 아이들이 우리를 보고는 맨발로 다가왔다. 그들은 힘없이 "마담, 므세. 스티요, 봉봉." 이라는 말을 계속했다. 마담은 나를, 므세는 무슈Monsieur로 나와 동행한 남성들을, 스티요는 볼펜, 봉봉은 달콤한 사탕을 가리키는 말이었다. 즉 누구라도 좋으니 볼펜이나 과자를 가지고 있다면 달라는 말이었다. 그 단어들이 그들이 알고 있는 프랑스말의 전부였으리라.

그러나 그날 다들 똑같은 모습을 하고 조르는 아이들 중, 다리를 절며 얼굴이 일그러진 남자아이가 있었다. 한 초등학교 사오 학년쯤 돼보이는 나이였다. 그는 발가락으로 무엇인가 말을 하고 있었다. 약을 달라는 듯한 행동임을 환부를 보고 알 수 있었다. 그의 발톱은 속에서부터 곪아 있었다.

"소노 씨, 약 가지고 오지 않았습니까?"

동행자가 물었다. 결코 나를 힐책하려는 어조가 아니었음에도 불구하고 그의 목소리에서 나를 비난하는 듯한 느낌을 받았다. 38일 간의 사하라 종단 여행 중, 나는 약상자 보관 담당자였기 때문이다. 그런데도 그날만큼은 당일치기 도곤 여행이라 해서 나는 약상자를 호텔에 두고 와버렸다.

이 병은 다름 아닌 생인손이었다. 외과적으로 고름을 짜내거나, 항생 물질로 낫지 않는 한, 참을 수 없을 만큼 아프다. 나는 좀 뜨끔했다. 나는 소년에게 물 티슈를 건네며 흙이라도 닦으라고 했을 뿐이었다. 그것이 아무런 효과도 없음을 잘 알면서도.

에이즈든 결핵이든 설사든 죽는 건 마찬가지다

전 세계 많은 지역에서 아직도 수많은 사람들은 고통을 이겨낼 방법이 없다. 마을에 진료소 하나 없는 곳이 대부분이다. 노선 버스도 없으며 자동차를 갖고 있을 만한 사람들도 아니다.

우리는 어느 지역이든 한 시간 이내에는 통증 정도는 치료받을 수 있으리라 믿고 있다. 설령 멀리 떨어진 섬에 사는 위독 환자라 해도 비바람이 몰아치는 거친 날씨가 아니면 어떤 병원으로든 옮길 수 있는 것이 보통이다. 그러나 고작 그 정도의 일도 이런 지역에서는 꿈만 같은 얘기다.

전 세계에 구급차가 없는 도시는 얼마든지 있다. 우선 구급 차량 자체가 없든지, 있어도 고장났다든지 하는 경우다. 게다가 전화가 없어 통보도 불가능하다. 구급차가 와도 유료이므로 구급 대원은 환자 가족에게 수송료를 지불할 수 있는지 어떤지를 먼저 묻는다. 지불할 수 없다고 하면 친척에게 돈을 빌릴 수 있는지 등을 묻는다. 그 돈을 구하기 위해 근처를 이리저리 돌아다녀봤자 모두 가난하기 때문에 방법이 없다. 돈이 없으면 애써 달려온 구급차는 환자도 싣지 않고 그냥 돌아가 버린다. 이것이 극히 일상적인 일이다.

없는 돈을 몽땅 털어 수십 킬로미터 떨어진 진료소나 약도 시설도 거의 갖추어져 있지 않은 작은 병원까지 택시를 불러 갈 수 있는 사람은 정말 행운이다. 브루이리 알사라는 살이 썩어들어 악취를 풍기는 피부 질환자들이라면 택시 기사도 싫어해 태워주지 않을 것이다. 주위 사람들도 병을 겁내기 때문에 엄마는 환자를 의사에게 진찰받게 하지 않고, 민간 요법으로 알려진 아프리카판 '한방약'을 바른다든지, 주술사가 있는 곳에 데려갈 뿐이다.

때에 따라서는 10킬로미터나 되는 거리를 환자를 덧문짝에 실어 나르는 일도 많다. 난산자도 그렇게 이송돼 온다. 진통이 오고 나서 아이가 나오지 않은 채로 사흘이나 지난 산모의 양수는 이미 뱃속에 있는 죽은 태아에게서 나온 대변으로 악취가 난다. 그런 환자들은 얼마나 괴로웠을까.

그렇게 옮겨져 온들, 마을에 다행히 작은 진료소가 있다 하더라도 받을 수 있는 것이라곤 아주 기본적인 약뿐이다. 왜 빈혈이 일어나는지, 왜 몸이 야위었는지, 왜 설사가 계속되는지 알아볼 방법은 거의 없다.

시골뿐만이 아니다. 수도 국립 병원이라고 해도 CT 스캔도 위 내시경 카메라도 없는 곳이 부지기수이다. 뢴트겐 X선은 부서져 있거나 현미경은 한 대밖에 없다. 그리고 이렇게 에이즈 환자가 흔한 시대에 일회용 주사기가 있다 해도 절대 그것을 일회용으로 사용하지 않는다. 다음에 사용할 주사기가 없기 때문에 씻거나 열탕 소독을 해서 다시 사용할 수밖에 없다.

에이즈조차 심각한 비극이 될 수 없는 경우도 있다. 사람들 평균 수명이 아직 50세 미만인 곳이 많다. 40대에 죽는 사람도 드물지 않다. 그러고 보면 어떻게 죽어도 다 마찬가지다. 에이즈든 결핵이든 설사든 결국 죽는 것은 다 똑같다.

아이들 사망률도 높다. 물론 최근엔 예방 접종도 상당히 보급되어 있지만, 21세기인 지금도 유아 1,000명 중 250명 내지는 300명 정도가 사망하는 곳 또한 많다. 자기 집에서 태어난 갓난아이 서너 명 중 한 명은 죽는다는 계산이다. 그러므로 아이들을 많이 낳지 않으면 안 된다. 다만 살아남은 아이는 가혹한 위생 상황을 견뎌낸 탓에 우생학적으로 매우 우수한 아이들뿐이라고 말하는 이도 있다.

자연의 섭리를 거역하지 않는 사고방식

중동이나 아프리카에서는 도태라는 말이 아직 당연시되고 있다. 약자는 죽고, 경쟁에서 이긴 개체만이 살아남는다. 그것은 여전히 하나의 지혜이지 결코 잔혹한 처사가 아니라고 해석된다.

이슬람 사람들은 지금도 사촌끼리 결혼하는 일이 많다. 태어나자마자 삼촌의 딸과 혼약하기도 한다. 샘족은 예부터 이러한 부족 내 결혼을 반복해왔다.

일본인은 그런 식으로 근친혼을 하면 피가 진해져 기형이 늘어난다고 한다. 언젠가 이집트에서 알게 된 가이드는 바로 집 앞에 피라미드가 보이는 커다란 맨션에서 한 80명의 가족이 함께 살고 있었다. 정원까지 보여주었는데 그 곳에서 그의 조카들과 사촌의 자녀들 20여 명이 마치 유치원처럼 북적거리며 뛰어놀고 있었다. 그러나 언뜻 보기에 다리가 안 좋다거나 눈이 부자유스러운 아이들은 볼 수 없었다.

현지에서 만난 일본인 의사에게 그 이야기를 했더니 이슬람 사람들은 유산을 막지 않는다고 한다. 막지 않는 것인지, 지역에 따라서는 금지할 방법이 없다고 하는 편이 좋을지, 어쨌든 자연의 운명에 맡긴다고 한다. 근친혼에서도 기형이 나올 확률이 적은 것은, 기형을 지닌 태아는 유산될 확률이 높기 때문이라 한다. 그것이 자연의 섭리이리라.

일본에서는 '도태가 당연'하다는 식의 발상은 없다. 일본인이 인도적이라서가 아니라 그런 발상을 하지 않아도 되기 때문이다. 일본 어디에서든 유산을 필사적으로 막는다. 일본 사회는 그 정도의 힘과 의학 기술이 있다. 따라서 그것은 일본에서는 당연한 일이고, 또 최첨단 의료를 발전시켜나간다는 국가적인 사명에서도 의미 있는 일이다. 그러나 그것은 엄마가 먹을 음식도 변변치 않고 따라서 태아도 성장하지 않으며 태어나도 병원에 산소 호흡기나 보육기, 질 좋은 우유도 없는 가난한 나라에서는 '도태가 당연'한 것이다.

모르는 행복, 너무 많이 아는 불행

나는 아프리카에서 정말 많은 에이즈 환자를 보았다. 프랑스어권에서는 CIDA라고 한다는데, 병이 널리 퍼진 하나의 원인은 일부다처제 때문이라고 한다. 진료 기록 카드에도 생년월일과 나란히 '아내의 수'라는 항목이 있다. 크리스천이라 해도 다처인 사람도 있다. 그렇기 때문에 한 아내가 에이즈에 걸리면 남편은 물론 다른 아내들도 감염되고, 그 아기들도 HIV 양성자로 태어난다. 다만 그들이 에이즈인지 아닌지는 사실 정확치 않다. 검사 도구도 없는 시설이나 검사 비용도 없는 환자가 많고, 안다 한들 치료하지 못하는데 돈을 낼 수가 없기 때문이다.

다만 이상하게 몸이 마르고, 설사, 악성 종양, 폐렴 등의 증상이 나타나며, 아기들의 몰골이 피골이 상접한 상태가 되면, 경험 많은 의료 관계자는 아마 에이즈라고 짐작하게 된다. 아기들도 식욕이 없어지는데, 그렇게 되면 의료 관계자는 우유를 주지 않는다. 하지만 그 누구도 매정한 처사라고 생각지 않는다.

물과 음식, 약이 부족한 나라에서는 그 전부를 강한 자, 살아남을 가능성이 있는 자가 취하는 게 원칙이다. 선진국이 아닌 이상, 죽을 게 뻔한 아이들한테까지 줄 우유란 없다.

마치 해골처럼 되어가는 에이즈에 걸린 아이를 안고 있던 엄마의 모습을 나는 아직도 잊을 수가 없다. 그녀는 그때 18세로 피부도 팽팽했다. 남편에게는 세 아내가 있다고 했다. 그녀는 아이를 걱정하고 있었지만, 아직은 에이즈라는 확실한 통고를 받은 경우도 아니었다. 갓난아이 역시 에이즈 검사는 하지 않았다. 때문에 그녀는 아이가 야위어 젖도 빨지 않고 설사만 하는 증상은 일시적으로 몸 상태가 좋지 않은 탓으로 이제 곧 나아지리라는 믿음을 갖고 있었다. 그러나 그때 옆에 있던 수녀 간호사 말로는 이 정도로 아기가 마르면 탈수 증상을 보이기 때문에 언제 심장이 멈출지 모른다고 한다. 그러기에 지금 당장은 건강해 보이는 18세의 젊은 아내도 HIV 양성 인자일 확률이 높은지 물어보니, 그럴 가능성은 충분하다고 한다.

유일한 구원은 그녀가 실정을 전혀 모른다는 사실이었다. 무지란 불행한 현실의 부재와 마찬가지임을 그 순간 나는 새삼 통감했다. 문명인은 너무 많이 알게 되면서부터 어떤 면에서는 불행해졌다.

그러나 세계 곳곳에서 방치되고 있는 질병의 고통을 어찌 문명인의 불행과 비교할 수 있겠는가.

상상할 수 없는 가난

빈곤의 정의

'요즘 젊은이들은 빈곤을 모른다'고 하면, 세계 각지의 인텔리들 중에는 어떤 질문에 대한 응답인지 알 수 없다는 표정으로 당혹감을 감추지 못하는 사람이 많다.

인간이 한평생 부유함을 모르는 채 죽을 수도 있지만, 인간 생활의 원형인 빈곤을 모르는 사람이 있다는 사실을 난 믿을 수가 없다.

하지만 나는 그럴 때마다 젊은이들을 옹호한다. 그들은 잘못한 게 없다. 그들이 철이 들었을 무렵 일본에는 이미 빈곤이 사라진 후였기 때문에 상상조차 할 수 없는 것이다. 그것은 마치 우리들이 전혀 들어본 적도 없는 식물의, 그것도 학명을 들었을 때와 같은 경우이다. 그것이 큰 나무인지 아니면 길가에 난 풀인지조차 전혀 추측할 방법이 없다. 이런 식으로 말하면 개중에는 "나는 가난 정도쯤이야 잘 알고 있습니다" 하며 화를 내는 사람도 있다. 그러나 가만 들어보면, 그가 말하는 가난은 차를 살 수 없다거나, 주택 대출금으로 중압감에 시달린다거나, 회사 어음이 결제되지 않는다거나, 다니던 회사에서

해고당했다거나, 고등학교나 대학에 진학할 등록금이 없다거나 하는 경우이다.

물론 친구는 대학에 가는데 자신은 갈 수 없게 됐다면 가난하여 불행한 느낌이 드는 것도 어쩔 수 없다. 그러나 부모가 자식에게 농사일이나 가축 돌보는 일을 시켜야겠다고 마음먹고, 아이를 초등학교에 보내는 것조차도 전혀 찬성하지 않는 사회에서는 그런 호사란 꿈 같은 일이다.

주택의 개념도 다르다. 그들은 원래 진흙이나 쇠똥을 이겨서 굳혀 만든 집에 살고 있으며, 가구 하나 없다. 물론 화장실도 수도도 전기도 없다. 그래도 살아갈 수 있는데, 왜 사람들은 거액의 빚을 내어 집을 짓는지 전혀 이해가 가지 않으리라.

회사에서 어음 걱정만큼 죽도록 고통스러운 일은 없다는 말을 자주 듣지만, 어음 발행에 관한 얘기 역시 진정으로 가난한 사람들 세계의 문제는 아니다. 아시아 각지에서 종종 가난한 사람들이 고리 대금업자에 걸려들어 심각한 문제가 되곤 하는데, 이율은 100퍼센트부터 300퍼센트까지다. 제사 때 차릴 음식이 없어 1,000원을 빌리면, 일년 후에는 이자와 원금을 합해 3,000원을 갚아야만 한다. 1,000원도 없었던 사람이 2,000원이나 더 갚을 수 있을 리 만무하다.

세계적으로 말해 빈곤의 정의란 바로 오늘 저녁 먹을 음식이 없음을 가리킨다. 세계 곳곳에는 아직도 많은 거지들이 남아 있다. 그들이 관광객에게 돈을 구걸하는 몸짓 중에는 한 손을 내미는 모습이 많지만, 그러나 분명한 사실은 입에 댔던 손을 내미는 모습이다. 그 모습은 다시 말해 '먹을 것을 베풀어주세요' 라는 의미다.

맥주 한 병 값이 노동자의 일당이다

바로 지난 달, 나는 남인도의 케랄라 주에서 돌아왔다. 케랄라란 야자나무라는 의미를 지닌 지명으로, 도처에 근사한 야자나무 밭이 쭉 펼쳐져 있다. 바나나나무도 많고, 바나나가 자라는 지역에는 기아가 존재하지 않는다는 나의 판단을 입증해주었다. 지역 사람들도 "이곳은 풍요로운 주라서…", "초등 교육이 보급되어 있어, 논리를 따지는 사람이 많아서" 이런 식으로 말한다.

케랄라 주에 간 이유는 후원 단체에서 보낸 기부금으로 로욜라 스쿨이라 불리는 예수회 수도원이 경영하는 학교의 기숙사를 지었기 때문이었다. 돈을 기부한 이상 반드시 후에 실적 조사를 하는 일이 사람들의 돈을 맡고 있는 이의 책무라고 생각했기 때문이다.

로욜라 스쿨과 기숙사는 근사하게 지어졌다. 보고 방법에 약간의 차이는 있었지만, 기부한 돈이 개인의 뒷주머니로 흘러들어가 학교와 기숙사가 건립되지 않은 예는 없었다. 게다가 그것들은 최대한 유효하게 가장 가난하고 소외된 부족의 아이들을 위해 사용되고 있었다.

그런 가난한 사회에서는 조사하러 가면 '기다리고 있었습니다' 하며 기회라는 듯이 바로 다음 후원 신청이 들어온다. 내가 개인적으로 30년 가까이 일해온 해외일본인선교사활동후원회로도 여러 가지 신청서가 전달되었는데, 그중 하나가 선생님의 급료를 후원해줄 수 있는지에 관한 신청이었다.

지금 로욜라 스쿨 선생님의 평균 월급은 4만 5,000원 정도다. 세계적으로 노동자의 수입이 하루에 1달러임을 감안하면 인도의 교사 일급은 1,500원 정도 되는 셈이기 때문에 조금 수준이 높다고 할 수 있다. 그렇지만 이것은 사립 학교인 로욜라 스쿨의 급여 체계이다.

이에 비해 인도 공립 초등학교 교사 월급은 15만 원 전후이다. 다시 말해 세 배 이상이다. 그래서 많은 교사들이 급여가 좋은 공립 학교로 몰리게 되어 로욜라 스쿨에는 오랫동안 학생을 계속 돌봐줄 선생님이 없었다. 지금 그 어려움의 일부를 메워주고 있는 것은 월급에 관계없는 수녀 선생님들뿐이라고 한다. 그래서 로욜라 스쿨 관계자들은 우리들에게 월급 차액을 보조해줬으면 좋겠다는 얘기다.

물가는 확실히 싸다. 아침 식사를 마을의 고급 식당에서 먹어도 일인당 700원 정도다. 내가 인도를 떠나기 전날 밤 '고아'라는 관광지 호텔에서 가장 비싼 1만 5,000원짜리 새우 요리를 주문했을 때 예수회의 롯시 신부는 부드러운 말투이긴 하나, 왜 그리 비싼 음식을 먹느냐며 반대 의견을 흘렸다. "일본에서는 먹을 수가 없어서요" 하며 내가 반성하는 기미 없이 비싼 새우 요리를 주문하자, 신부 당신은 5,000원도 채 안 되는 참치 스테이크를 주문했다. 참치 스테이크라도 그에게는 일생에 처음으로 터무니없이 비싼 요리를 먹은 셈이었다.

"이 나라에서 맥주 한 병은 노동자의 일당에 해당됩니다."

신부는 나에게 충고하듯 말했다. 이렇게 틀림없는 사람이 금전의 수입과 지출을 담당하고 있는 까닭에 나는 지금까지 이 곳에 돈을 기부해왔음을 새삼 인식하는 순간이었다.

영양보다는 배불리 먹는 것이 최대의 목적

사실 나는 여태껏 어디에서건 면목이 안 설 정도로 분에 넘치는 숙박비와 식비를 지출해왔다. 그러나 한 달에 20만 원으로 열 명 내지 열다섯 명 정도가 먹고 사는 수도원도 얼마든지 있다.

먹는다고는 하지만 우리들이 생각하듯이 영양을 고려한 음식이 아니다. 우선 배부름이 최대의 목표이다. 지역에 따라 주식이 다를 뿐 그들은 빵이든, 밥이든, 찐 감자든 매일매일 똑같은 음식을 계속

해서 먹는다. 거기에 소스 같은 것을 조금 바르거나 찍어서 말이다. 그래도 먹을 음식이 있으면 정말로 행복하다.

아프리카 각지에서 나는 가끔 최고의 식사 대접으로 산양 요리를 대접받곤 했는데, 그것은 촌장의 선물인 경우가 많았다. 산양 스튜가 커다란 법랑 그릇에 나오고, 거기에 곁들인 찐빵 같은 것을 각자 손으로 잘게 찢어서 소스에 찍어 먹는다.

처음에 나는 많이 먹지 않으면 상대방에게 실례가 된다고 생각했으나, 혹 먹고 싶지 않으면 아주 조금 입에 갖다대는 것만으로도 괜찮다는 것을 차차 알게 되었다. 바깥에서는 여자와 아이들 몇 십 명이 기다리고 있었기 때문이다.

아프리카에서는 남자와 손님이 먼저 먹는 습관을 지닌 부족이 많다. 남은 음식을 여자와 아이들이 기다리고 있다. 음식을 남기는 건 실례라는 심리적인 여유가 자리잡을 틈이 없다.

촌장의 식사 대접이 아닌, 우리들이 가지고 있던 음식을 먹었던 적도 몇 번 있었다. 사하라를 종단했을 때도, 말리라는 나라에 갔을 때도, 그 곳에는 레스토랑이 있는 마을이 눈에 띄지 않았다. 우리들은 마을과 멀리 떨어진 나무 그늘에 차를 세우고, 빵과 통조림을 먹었다. 그러자 어느 사이에 아이를 안은 엄마들이 모여들어 물끄러미 우리들의 손끝을 바라보고 있었다.

피조개나 소고기 통조림을 국물이 조금 남은 상태로 거기에 버리고 가면 여자들과 아이들은 서로 앞을 다투어 그것들을 줍는다. 여자들도 아이들에게 양보하는 일 없이, 다들 똑같이 경쟁하며 줍는다. 우선 남아 있는 것을 입에 넣고, 그 후에는 통조림 자체를 가지고 돌아간다.

먹다 만 음식을 주는 것은 실례라는 생각에서 오랫동안 벗어나지 못했었는데, 마침내 생각을 바꾸어 일부러 음식을 조금 남겨 건네주게끔 되었다. 그래도 마음 한구석은 아프고 괴로운 채로.

공무원 월급이 밀린 나라

오가타 사다코 국제연합 난민 고등판무관이 아프리카 난민 시찰을 갔을 때, 수행 기자 신청을 하여 동행한 적이 있다. 오가타 사다코 씨는 우리 대학의 상급생으로 옛날부터 잘 알고 있었다.

고등판무관이 오신다고 하니 영접이 국빈 수준이었다. 수십 대나 되는 유엔의 자동차가 모여든 이유는 결코 오가타 씨가 호들갑스러운 마중을 좋아해서가 아니었다. 원래가 아무것도 없는 완전 시골이다. 우리들이 생각하는 마을처럼 북적거림도 없고, 영화관도 없고 레스토랑도 호텔도 없다. 고등판무관의 방문은, 몇 년에 한 번 있을까말까 한 영광스러운 이벤트이다.

때문에 그들은 환영하러 달려 나온다. 기대하고 있는 바도 있다. 모두에게 제공되는 점심 식사가 그것이다. 결코 호화로운 메뉴는 아니지만, 통돼지구이가 나왔던 지역도 있었다. 구운 고기나 과자는 꼭 나온다. 유엔 현지 직원이라고 해도 그런 음식을 날마다 먹을 수는 없다.

그러므로 그들은 묵묵히 먹는다. 하급 직원은 대화를 즐길 여유조차 없는 사람도 많다. 그 가운데는 구운 고기 토막을 민속 의복 주머니에 그대로 쑤셔 넣어 집에 가져 가는 사람도 있다. 그렇기 때문에 요리는 순식간에 동이 난다.

오가타 씨는 그런 것들도 필요하다는 사실을 충분히 이해하고 계셨으리라. 인간에게 물질이 다는 아니지만, 물질적으로 다소 여유가 없으면 일할 기력도 사라지고 부정을 저지를지도 모르는 일이다. 가끔 사람들이 배불리 먹고 사소한 행복을 맛보는 게 나쁠 리 없다. 게다가 오가타 씨는 현지 직원으로부터 어디가 문제인지, 무엇이 필요한지 들으려 했다.

일본인은 직업에 따라 수입을 짐작할 수 있다. 대학 교수라면 꽤 수준 높은 생활이 가능하리라 예상한다. 일반적으로 대학 교수는 그 나라에서 엘리트임이 분명하다. 허나 그렇지 못한 나라도 있는 법이다.

국가는 몇 개월, 일년 혹은 그 이상의 월급을 연체하며 지급하지 못한다. 때문에 그 나라의 교수들은 그날 끼니조차 잇기 어려운 형편이 된다. 부인들이 자그마한 부업을 하거나 거두어들인 콩을 팔거나 하며 푼돈을 벌어 생계를 이어간다. 그녀들의 남편은 영어와 프랑스어를 완벽하게 구사하는 인텔리 학자임에도 불구하고….

일본에 있는 그 나라의 대사관저는 전기가 끊겨 있다. 그 대단한 도쿄 전력이라지만, 수천만 원이나 되는 전기료가 미납되어 있어 이제 더 이상 전기 공급을 할 수 없게 되었다.

한 일본인이 그 나라에 들어가기 위해 비자를 받으러 가니, 사용하는 사람이 아무도 없는 사무실에서 대사가 한쪽 손에 촛불을 들고 나타나 깜짝 놀랐다는 얘기를 해주었다. 본국에 대사관 운영비를 보내달라고 아무리 신청해도 돈을 보내주지 않는다고 속사정을 이야기해준 사람도 있었다.

"돌아가고 싶어도 돌아갈 비행기 요금이 없는 사정과 뭐가 다를까요." 그 사람은 중얼거렸다.

일본에서는 집이 없는 사람이라도 그날 먹을 것이 없는 경우는 극히 드물다. 지방 자치 단체가 빵 배급표 등을 제공하고 있다. 그런 연유로 빈곤이 뭔지 모르는 일본인이 있다 하더라도 전혀 이상하지 않다.

상식을 벗어난 주택들

집 모양은 반드시 사각이 아니다

언제부터인지 내 머리 속에 고정돼 있는 '집'의 개념이란 지극히 단순하다. 기본적으로 네모난 벽과 창과 문이 달려 있으며, 지붕이 있는 게 원형이다. 나처럼 그림에 서투른 사람들은 죄다 집을 그렇게 그렸다.

단지 실제의 지붕은 네모난 구조가 여러 가지 형태로 연결되어 있거나, 지방의 오래 된 호화 저택 등은 지붕의 용마루에 아름다운 곡선이 새겨져 있어서 보는 것만으로도 사람을 매료시킨다. 내가 자란 옛날 가옥들은 서양식 집이라면 창문이 있을 자리에 전부 미닫이 유리문이 있어, 여름에는 늘 활짝 열어두었다. 그렇게 하지 않으면 에어컨이 없었던 옛날 집은 일본의 습기를 내쫓을 방법이 없었을 것 같다.

나는 스물네 살까지 외국에 나가본 적이 없었다. 전쟁 전 일본 생활에서는 오랫동안 중기선을 타고 가는 외국 여행 등을 상상할 만한 서민은 없었고, 전후에는 출국이 금지되어 있었다. 일본 국가 전체가 전쟁으로 피폐해져 있었기 때문에 서민이 사용할 수 있는 달러가 없었다. 그러므로 내 눈에 보이는 서양 집이란 사진이나 그림이 전부였다. 그러한 서양 집들도 전부 네모난 벽에 경사진 지붕이 있었고, 굴뚝이나 격자창이 색다른 이국 정서를 풍겼다.

집이 사각이 아니라는 사실을 처음 느낀 것은 중년이 되어 이집트 사막에 갔을 때였다. 발굴 현장의 우두머리가 나를 집으로 초대한다고 한다. 좀처럼 초대받을 만한 곳이 아니므로 나는 기쁜 나머지 달려갔다.

무엇보다도 놀란 점은 굳이 말하자면 집이 표주박 모양이었다고 할까, 아무튼 사각이 아닌 것만은 분명했다. 진흙을 굳혀 당장 필요한 면적만 만들다보니 어떤 형태가 이루어졌다는데, 일정한 길이의 벽이 가장 큰 면적을 만들 수 있는 것은 원이지만, 그 집은 딱히 원형도 아니었다. 집 모양은 반드시 사각이 아니어도 되며, 자유자재로 어떤 모습이든 상관없음을 나는 그때 깨달았다.

날이 개면 다시 마른다는 사고

나는 그때 지붕에 대한 고정 관념에서도 벗어났다. 그 집은 리비아 사막 끝자락에 있었고, 아스완 댐이 생기기 전까지는 일년 내내 비가 내리지 않는 곳이었다. 때문에 지붕은 아주 단순했다. 일본의 지붕은 비를 막는 일과 기온 조절이 큰 목적이므로 따라서 외부와의 공기 차단이 요구되지만, 사막의 지붕의 기능은 단 한 가지, 그저 그늘만 만들어주면 그만이다. 원래 나무가 없는 지역이지만, 내 식으로 말하면 신께서는 무엇이든 최소한 필요한 단 한 가지는 베풀어주시게끔 되어 있으므로 그런 황량한 사막에서도 오아시스의 물을 끌어서 야자나무만큼은 자라고 있다. 사람들은 그 야자나무를 잘라 그 줄기를 부식 방지를 위해 검게 그을려 들보 재료로 사용한다. 그 위에 말린 야자나무 잎을 듬성듬성 죽 늘어놓으면 그것으로 지붕 이는 일은 끝난다. 모래 바람이 불면 모래는 들어올 대로 들어오겠지만, 평온한 날에는 온 하늘에 가득한 별을 야자나무 지붕 사이로 보면서 잠이 든다.

그런데 아스완 댐 덕분에 사막에도 변화가 일어나, 놀랍게도 '일 년 내내 맑은 하늘'이어야 할 사막에 구름까지 생기게 되었다. 그런 사막은 인정할 수 없다든지, 믿을 수 없다든지 하는 무책임한 말을 내가 하면 "소노 씨, 비가 내리는 날까지 있는 걸요"라고 그 지역 사정에 밝은 사람이 알려준다.

"네? 그러면 저 야자나무 잎으로 지붕을 이은 집은 어떻게 되죠?"

하며 내가 물으면,

"그야 젖어버리겠지요."

라고 한다. 당연한 얘기다. 사막 생활은 깔개와 취사 도구 외엔 가구가 일절 없는 게 원칙이지만, 최근에는 부모가 자는 침대 정도는 있다고 한다. 아이는 바닥에 깔개를 깔고 잔다. 그러니 그 침대가 젖어버리고 말겠지만, 젖는 것에 관해서도 더운 지역 사람들은 우리들처럼 걱정하지 않는다. 젖는다 해도 '날이 개면 다시 마른다'는 사고가 철저히 자리잡고 있기 때문이다.

그러므로 다 마른 세탁물이 소나기에 젖은 채로 버젓이 널려 있는 광경은 흔히 볼 수 있다. 빨래를 널은 사람이 외출해서가 아니다. 젖어도 날이 개면 다시 마른다는 생각에 서둘러 빨래를 걷으러 나가지 않을 뿐이다. 하물며 행선지에서까지 널어둔 채로 떠나온 빨래를 생각하며 안절부절못하는 유약한 신경은 어디에서도 찾아볼 수 없다.

자연의 제약이 만들어낸 건축물들

자연은 손대지 않는 편이 좋다. 나일 강도 옛날의 자연 그대로가 좋다는 논리는 사막에 사는 사람들이 언제까지나 옛날처럼 수도도 전기도 없이, 홍수가 가져오는 옥토에 의지하여 강가에서만 농사를 지으면 된다고 하는 말에 일리가 있다면, 사실 말 그대로이다. 그러나 나일 강가의 농민이라도 전등이 필요하며, 아이스크림도 먹고 싶어한다.

비가 오지 않으면 가장 중요한 것은 벽뿐이다. 일정한 높이의 벽이 있는 한, 도둑도 집에 침입하기 어렵다. 성서 '누가복음' 5장 19절에는 수많은 기적들, 특히 환자를 치료하는 기적으로 유명해진 예수의 집에 남자들이 중풍을 앓고 있는 사람을 데려와 치료받게 하려는 장면이 나온다.

"그러나 군중에게 저지당하여 환자를 옮길 방법을 찾지 못했기에 지붕에 올라가 기와를 떼어내고 사람들 한가운데 있는 예수 앞에 환자를 이부자리 채 매달아 내렸다."고 성서에 써 있다.

기와라고 번역된 말의 원문은 게라모스라는 그리스어로 타일, 기와라는 의미도 있으나, 점토를 가리키기도 한다. 다시 말해 옛날 지붕은 흔히 골재에 해당하는 야자나무 잎 위에 점토를 얹고 롤러로 굴렸다. 그래서 언뜻 보기에는 실한 지붕처럼 보이지만, 사실은 지붕이 가장 '허술'하게 만들어졌다. 그러므로 벽을 허무는 일은 좀처럼 쉽지 않지만, 지붕에 구멍을 내기란 오히려 간단하다.

아도베라 부르는 햇볕에 말린 벽돌로 지은 집은 지금도 이집트에 남아 있다. 이러한 집은 이층집도 있는데, 우리가 좀 세게 쿵쿵 걸으면 지진이 난 것도 아닌데 집 안이 흔들흔들하는 느낌이 들 정도이다. 아무튼 지붕보다 벽이 두껍고 견고하다는 개념은 좀처럼 이해하기 어렵다. 아도베는 불에 굽지도 않았다. 어디에나 사용할 수 있고 크기도 여러 가지인데, 예를 들어 지면에 A4 크기 나무틀을 둔다고 하자. 거기에 보리 짚을 잘라 넣고 주변에 있는 흙에 물을 부어 이겨 반죽한 진흙을 채운다. 형태가 만들어지면 나무틀을 빼낸다. 그리고 난 후, 그대로 두면 진흙에서 수분이 빠지며 마르면서, 아도베가 완성된다. 이만큼 값싼 건축 재료는 없다.

혹은 기둥과 기둥 사이에 7~8센티미터 간격으로 두 장의 거적 따위를 나란히 빙 둘러치고 그 사이에 물로 반죽한 진흙을 넣는 방법도 있다. 이러한 작업은 모두 건조한 계절에 행해지므로 진흙은 자연스레 굳는다.

그러나 건조한 계절에 굳은 진흙 벽은 다시 비가 많이 내리는 계절이 되면 매년 바깥쪽에서부터 조금씩조금씩 비에 녹아 떨어져나간다. 그래서 6년이나 8년, 혹은 10년 정도 지나면 어느 날 갑자기 폭삭 붕괴된다. '아무개네 집은 지난달에 녹아내렸다'는 식의 표현을 브라질의 어느 지방에서 처음 들었을 때 정말 깜짝 놀랐지만, 그것은 당연한 일이었다. 녹아내린 집은 문자 그대로 불이 난 것도 아닌데 자연으로 돌아가 흔적조차 없다.

양파 모양의 이슬람 사원 등의 돔이 왜 생겨났는지에 대한 설명도 들은 적이 있다. 그 큐폴라 지붕과 벽이 일반화된 지역은 대체로 물이 없고, 큰 수목이 자라지 않는 곳이다. 커다란 나무 기둥은 사치품으로, 사용할 수 있는 사람은 왕이나 귀족 등 특권 계급뿐이다.

그렇다면 일반 서민은 목재 없이 어떻게 지붕을 만들 수 있을까? 벽은 가능하나, 천장을 만들기 위해 들보로 사용할 나무가 없다. 그렇다면 벽돌만으로 지붕을 만들 수밖에 없다.

그래서 사람들은 머리를 짜냈다. 벽돌을 둥글게 쌓아가면서 맨 마지막에 둥근 천장 한가운데에 전체를 고정시키는 쐐기 모양의 돌을 끼우면, 돔은 무너지지 않는다고 하는 역학이다. 돔 모양은 장식이 아니다. 들보용 목재 없이, 어떻게 천장을 만들까 하는 제약으로부터 고안해낸 노력의 산물이다.

필요한 물건은 몸에 지니고 사후에는 추억만이 남는다

우리들은 집을 일정한 곳에 자리잡고 사는 정주定住의 개념과 함께 떠올린다. 일본 남자들이 단신 부임을 받아들이는 이유는 자신은 일시적으로 떠돌이 인생으로 산다 해도, 아내나 자식은 어엿한 맨션이나 주택에 정착해 산다는 것에 안도감을 느끼기 때문이다.

그러나 건조 지역에 사는 대다수의 유목민은 역사적으로 정주를 생각하지 않았다. 정주가 불가능했기 때문이다. 자신이 속한 부족이 지배하는 오아시스는 타부족의 사용이 엄격하게 금지되었는데, 귀중한 오아시스 물 주변에서 풀이 자라나는 토지는 결코 넓지 않다. 그 근처에서 양이 계속 풀을 먹을 수 있을 만큼 풀이 자라지 않기 때문이다.

그리하여 목축민은 텐트에서 생활하며, 끊임없이 이동하며 생활한다. 이동 생활이 기본이다. 성서의 세계에서 텐트는 검은 산양의 가죽으로 만들었다. 초대 그리스도 교회를 만들고 신도들을 모으는 데 큰 공적을 세운 성 바울은 유대교의 랍비인 동시에 천막 제작을 직업으로 하던 사람이었다고 한다.

이동이 기본인 천막 생활에서는 가구를 갖고 있지 않았다. 의자도 테이블도 없고 있는 거라고는 바닥에 까는 양탄자와 냄비나 솥 따위뿐이다.

금융 기관을 이용한 저축 등도 할 수가 없다. 언제 마을 가까이 가게 될지 알 수 없기 때문이다. 그래서 있는 재산은 금 장식품으로 몸에 지닌다. 발찌, 팔찌, 귀걸이, 코걸이, 목걸이 등이 그런 장식품들이다.

정통 유목민의 문화에서는 무덤조차도 모른다. 사망하면 바로 흰 천으로 싸서 묻는데, 무덤의 표지도 없이 한 개의 돌을 놓아두는 곳도 있으므로 다시 돌아와도 아마 이 주변에 매장했으리라는 정도 외엔 알 수가 없다.

옛날에 나는 암살당한 사우디아라비아의 파이잘 국왕의 묘지에 가본 적이 있다. 잘 보이지 않는 울타리 속은 사연을 전혀 모르는 사람이 보면 여기저기 돌이 구른 흔적만 남은 울퉁불퉁한 공터에 지나지 않았다.

묘표는 하나도 없다. 같은 이슬람이라도 시체의 머리를 메카 쪽으로 향하게 놓고, 거기에 묘표를 세우는 지역도 있다. 그러나 사우디아라비아는 본래 유목민 정신에 따라, 묘표조차 만들지 않는다고 한다. 따라서 왕의 묘지도 이 근방이라고밖에 말할 수 없다. 지나가버린 것은 추억일 뿐으로 흔적을 남기지 않는다. 나는 그러한 삶의 방식이 좋았다.

매년 나는 장애자나 고령자들과 함께 이스라엘 여행을 한다. 여행 중 사막의 유목민 텐트에서 숙박한 경험도 있다. 최근에 다소 상업화된 유목민은 손님 접대에도 익숙해져 텐트에 몇 십 명 분의 매트리스 등을 상비하고 있고, 무엇보다 간이 수세식 화장실도 만들었다. 그것은 다소 패씸한 근대화지만, 우리들 수십 명이 밖에서 한꺼번에 용변을 보게 되면 후에 불결해질 터이므로 어쩔 수 없는 노릇이다.

사막은 건전한 정숙으로 가득 찬 공간이다. 라디오 녹음실에는 죽은 듯한 정적이 흐르고, 사막에는 살아 있는 정적이 흐른다. 사막에서는 먼 곳의 소리가 놀라울 정도로 명료하게 들린다. 그래서 누군가에게 욕을 하고 싶을 때에는 사막에서 하라는 말이 있다.

그날 밤 텐트 안에서는 많은 사람이 뒤섞여 자고 있었고, 휠체어 탄 아이가 언제든 화장실에 가는 것을 도와줄 수 있도록 불침번을 서고 있는 사람들은 구석에서 위스키를 마시며 즐겁게 담소를 나누고 있었다. 그런데 놀라웠던 점은 담소 내용이 십 미터 떨어진 곳에서는 들리지 않았다는 사실이었다. 가죽 텐트는 내부에서 나는 소리를 상당히 잘 흡수하고 있었다. 이것 역시 부족 장로들이 일반에게는 알리지 않는 비밀 회의를 할 때 편리했으리라는 생각이 든다. 원시적인 사막 생활에도 지혜는 가득했다.

고온에서는 인간의 사고가 불가능하다

더운데다 술까지 금하는 곳들

개발 도상국에는 왜 그리 자주 가느냐는 질문을 이따금씩 받는다. 내가 생각해봐도 이상하다는 생각이 들지만, 인간은 자신이 원하든 원하지 않든 자신의 바람과는 상관없이 어떤 운명의 손에 저절로 이끌려지는 경우가 드물지 않은 것 같다.

지금도 지워지지 않는 기억은 오일 쇼크를 계기로 1975년 처음으로 아랍 여러 국가를 방문했을 때의 일이었다. 나뿐만은 아니었으리라. 그 당시 일본인에게 아랍 제국이란 실제 거리상에서나 의식상으로도 멀고 먼 나라였다. 본 적도 없고 존재를 생각해본 적 없다. 사막도 몰랐으며 낙타는 동물원에나 있는 거라고 추측하는 정도였다.

당연히 일본의 신문들은 아랍 국가들에 주목하며 조금이라도 정보를 전달하기 시작했다. 당연히 누군가가 직접 가서 기사를 쓰게 된다. 그때 내가 여러 사람 중에서 특별히 뽑힌 것은 지금 생각해봐도 쑥스러운 일이었다. 아랍 제국에서는 여자 혼자서는 여행할 수 없는 곳이 상당히 많은 데다 만약 신문사가 아랍 제국의 그러한 사정을 잘 알고 있었다면 당연히 남자 기자를 파견했을 것이다. 그만큼 매스컴도 그 당시 아랍에 무지했고 리포트를 담당하던 나 또한 아무것도 몰랐었기 때문에 생각해보면 오히려 잘된 일이었는지도 모른다.

나는 내 자신이 뽑힌 것에 대해 매우 복잡한 기분이었다. 건강이 문제없을 거라고 생각해준 마음은 고마웠다. 그러나 아무리 찾아봐도 나밖에 갈 사람이 없었기 때문에 나에게 차례가 돌아왔다는 느낌도 없지는 않았다. 그 외의 남성 작가들은 대체로 나보다 섬세한 사람이 많아 보였다. 더운 것도 질색, 더러운 것도 질색, 무엇보다 술을 마실 수 없다는 사실은 정말 딱 질색이다.

나는 인도에 갔을 때부터 세계에는 수많은 'dry country', 'dry state'가 있음을 알았다. 다시 말해 음주를 금지하는 지역이다. 내가 인도의 모든 주州의 사정을 꿰뚫고 있지는 않지만, 인도에서는 술을 살 수도 마실 수도 없을 뿐 아니라 세계 많은 지역이 그와 비슷한 풍습을 갖고 있다.

미국을 보더라도 청교도적 색채가 진한 곳에서는 주류를 정말 구입하기 힘들다. 내가 잠깐 3개월 가량 머문 적이 있는 아이오와에서도 술은 어디서든 살 수 있는 물건이 아니었다. 일본인 유학생 중 술을 즐겨 마시는 사람은 '교외 외진 곳에서 팔고 있다'는 식으로 말했고, 만일 깜박 잊고 술을 사지 못하면 주말에는 알콜 기운 없이 의기

소침해 있었다.

아랍 제국은 이슬람교도 지역이며, 이슬람은 사람을 취하게 만드는 주류를 금지했다. 술은 인간을 심리적으로나 육체적으로 또한 사회적으로도 파멸로 이끄는 수가 있기 때문이라 금지되었다고 한다.

일본 작가들은 무덥고 술이 없는 아랍 제국 이야기만 듣고서도 가고 싶어하지 않는 것 같았다. 그런데 나는 옛날부터 추위를 잘 타는 체질이었다. 여름에도 가루이자와 등지에 가면 몸이 완전히 차가워지고 만다. 그만큼 더위에 대한 공포감은 없었다. 그러한 나의 둔감함이 오히려 편리하다고 인정되어 아랍 제국에 현지 보고서를 쓰기 위해 파견되었다.

시원함이 곧 대접

지금까지 내가 갔던 곳 중, 진짜 더위로 고생했던 기억이 있는 지역은 단 네 곳이다.

사우디아라비아의 페르시아 만 연안 지방.

터키 남안 지중해에 접해 있는 메르신.

알제리 국경에 위치한 튀니지의 소금 마을 네후타.

모로코의 아틀라스 산맥 산기슭에 자리잡은 마을 와루자자토.

이렇게 네 곳이다.

사우디 만 연안 지역의 제일 낮은 기온은 45도 정도쯤 된다. 그러나 직사광선 아래서는 65도 내지 70도 정도쯤 될지도 모른다. 게다가 습도도 높다는 점이다. 습도는 실제 80퍼센트 혹은 90퍼센트 정도나 된다. 바다도 수증기로 자욱하다. 그렇게 되면 우리들은 발한에 의한 체온 조절 기능을 상실하고 만다.

나는 거기서 한 일본 여성을 만났던 일을 지금도 기억하고 있다. 아라비아 석유 관계자의 부인이었다. 더위 이야기가 나온 김에

"이 정도 더위면 바다에서 수영하는 게 낫겠네요."

내가 이렇게 말하자, 그 부인은 진지한 얼굴로 대꾸했다.

"그러나 바다는 더워서 수영할 수가 없어요."

추위를 잘 타는 체질인 나는 수영장에 들어갈 때마다 늘 물이 차갑다고 불평을 했다. 그러면 남편은 수영장 물이 따뜻하면 금방 지쳐서 수영할 수 없다고 대꾸하곤 했다. 페르시아 만 연안의 해수는 온천과 마찬가지로 오래 들어가 있을 수 없다고 그 여성은 알려주었다.

그러나 사우디나 쿠웨이트는 기름이나 돈은 얼마든지 있기 때문에 숙박료도 상당히 비싼 훌륭한 설비의 호텔을 짓고 있다. 이 지역에서는 호텔이든 레스토랑이든 시원함이 곧 대접이었다. 건물 내부는 25도 혹은 그 이하로 시원하게 유지한다.

바깥 기온과 실내 온도의 차는 때에 따라 40도 가까이 된다. 이것

이 건강에 좋지 않음을 잘 알고 있으면서도 나는 일단 시원한 호텔 안으로 돌아오면 안도의 한숨을 내쉬었다. 나는 일정 수준 이상의 고온 속에서는_{반대로 저온일 때도 마찬가지겠지만} 인간의 사고가 불가능해진다는 사실을 그때 깨달았다.

먹고 마신다거나, 끈을 맨다거나 또는 물건을 옮기거나 하는 따위의 원시적인 일을 하며 살아갈 뿐이라면 얼마든지 가능하다. 그러나 분석하고, 조립하고, 공통 항과 그렇지 않은 것을 구분하여 다시 구축하고, 가공의 조건에서의 추이와 결과를 추정하는 등의 복잡한 작업은 전혀 하고 싶지 않게 된다.

사우디, 쿠웨이트, 아랍 에미리트 세 연안국을 취재하는 동안 해외 여행 중에는 처음으로 병을 앓았던 경험이 있다. 아마도 크나큰 온도차를 하루에 몇 번씩이나 경험했기 때문이었으리라. 자율신경 실조증으로 심장의 기외 수축이 시작되었다. 맥박이 정신없이 빨라지고 불규칙하게 멈추었다. 그래서 숨쉬기가 매우 고통스러워 견딜 수 없었다. 패닉 상태에 빠지지 않았던 이유는 내가 이 병을 잘 알고 있었기 때문이었다. 나는 안정제를 먹고 비행기를 하루 앞당겨 귀국했으며, 한의원에 다니면서 이내 그 희한한 병을 완전히 치료했다.

부채 덕분에 잠들다

튀니지의 네후타와 모로코의 와루자자토는 두 곳 다 황야에 있는 마을로 그 당시 이름뿐인 호텔은 냉방이 거의 되지 않았다. 에어컨은 요란한 소리를 내며 몸체를 떨면서 돌아가고 있었지만, 한밤중이 되어도 기온은 35도 전후에서 내려갈줄 몰랐다.

나는 한밤중에 몇 번씩이나 잠에서 깼다. 실내는 숨이 막힐 듯한 열기로 가득했다. 와루자자토에서는 한밤중에 창문을 열어보았지만 바람 한 점 없었다. 하얀 상자 같은 집들이 오렌지색 나트륨 등불 아래 악몽처럼 펼쳐져 있었다. 식물은 전혀 보지 못했던 것 같다. 움직이는 물체라고는 택시 한 대가 오는 것이 보였을 뿐이었다. 멀리서 개들이 짖고 있었다. 개도 더운가보다 하는 생각이 들었다. 여기가 옛날 프랑스의 외인 부대 주둔지가 아닐까 하는 생각이 들었고, 그때 문득 그들의 생활을 피부로 느낀 듯한 기분이 들었다.

바깥은 시원할까 하는 생각에 베란다에 나가봐도 역시 외부 온도가 더 높은 것 같았다. 할 수 없이 다시 문을 닫고 샤워를 했다. 일부러 몸을 대충 닦고 잠옷을 입었다. 잠옷이 젖어 있는 사이에 어떻게든 다시 자보자는 시도였다. 다행히도 나는 부채를 가지고 있었다. 그래서 잠이 올 때까지 슬슬 부채질을 하였다. 부채의 효과가 얼마나 대단한지 그때 알았다.

터키의 메르신에 머물렀던 것은 성 바울을 조사할 때였다. 성 바울이 태어난 길리기아의 다소는 메르신에서 동쪽으로 20킬로미터 떨어진 곳에 있었다.

날이 저물고 밤이 되어도 여전히 덥다. 메르신은 해안 지방인데도 왜 이다지도 더울까. 이유는 사하라 열풍이 지중해를 건너 터키까지 불어와, 노아의 대홍수 때 수면에 가장 먼저 얼굴을 내밀었다는 아라랏 산에까지 불어닥치기 때문이라고 한다. 내가 지리에 약하다는 것을 알고 있던 가이드는 알기 쉽게 알려주었다. 아라랏 산의 효용은 지금도 여전히 남아 있는 듯했다.

우리들이 머무른 해안에 접해 있던 값싼 호텔은 어떻게 정했는지는 잊어버렸지만 조사단의 예산에 맞춰 예약을 했기 때문이었을 것이며, 에어컨도 없었다. 결국 부채질로 하루 밤을 보냈다. 일행 중 영리해보였던 어떤 사람은 마루에 젖은 목욕 타월을 깔고 그 위에서 알몸으로 잤다고 한다. 그러나 "그렇게 하면 감기 걸린답니다"라고 말한 가이드의 악담대로, 그는 감기에 걸렸다.

덥지만 괴롭지는 않았던 곳은 인도였다. 인도에서는 실내 온도가 화씨 100도, 섭씨로 약 38도를 웃돌고 있었는데, 그 곳 사람들은 '올해는 시원한 편이다' 라고 했다.

이 곳에서는 한센 병원에 있었는데 냉방 장치도 없이 지냈지만 건조했기에 잠은 잘 수 있었다. 그러나 나는 어리석게도 밤에 조금이라도 시원하게 해보려고 침실 돌 마루에 물을 뿌린 적이 있었다. 조금 지나자 '웽웽' 하고 벌레들이 우는 듯한 소리가 들렸다. 뭘까, 귀뚜라미도 분명 없을 텐데 하고 자세히 보니 마루의 물은 순식간에 말라가고 있었는데, 그 수분 증발하는 소리가 벌레 우는 소리처럼 들렸던 것이다.

귀국 후 이 이야기를 들은 남편은 내가 정말 과학적 지식이 없다는 사실을 이 에피소드 하나만으로도 잘 알 수 있겠노라고 했다. 습기를 가한 만큼 더워지는 게 당연지사라는 말이었다. 그러나 인도에서는 차에 타면 젖은 목욕 타월을 머리에 두른 외국인도 있다. 차창은 언제나 꼭 닫아두지만 그것은 바깥 기온이 차내보다 높기 때문에 열풍이 불어 들어오는 것을 막기 위함이다. 젖은 목욕 타월도 순식간에 말라버린다.

복잡한 사고를 가로막는 더위

더위와 관련해 내가 깜짝 놀란 일을 좀더 얘기하자면, 더운 여름에 나타난다고 우리가 믿고 있는 매미는 진짜 더운 곳에는 없는 것 같다. 아시아에서 평균 기온이 가장 높은 대도시인 타이의 방콕에선 매미 울음소리가 들리지 않는 듯했다. 어느 해인가 나는 육로로 방콕에서 캄보디아의 앙코르와트로 들어갔는데 동행한 일본인 아이들이 앙코르와트에 가까이오자 대지의 고도가 높아지면서 매미 울음소리가 들리기 시작하자 "우와! 매미다!" 하며 기뻐했던 순간을 지금도 기억하고 있다.

나는 더위로 식욕을 잃은 적도 없고, 잠들지 못했던 밤은 있었어도, 시원한 시간이 되면 잠을 잤기 때문에 건강을 유지할 수 있었다.

언젠가 "연간 단 한 번도 기온이 섭씨 6도 이하로 내려가지 않는 지역에서는 문화가 발생하지 않는다"는 주장을 들은 적이 있다. 누구의 주장이었는지는 잊어버렸는데 차별에 엄격한 사람들은 이 말을 듣는 자체만으로도 불쾌했으리라. 하지만 머지않아 지구 온난화가 진행되면 홋카이도를 제외한 일본 전체가 연간 단 한 번도 기온이 섭씨 6도 이하로 내려가는 일이 없어지게 되고, 그때쯤은 모두가 책도 읽지 않게 될 것이므로 문화도 사라진다는 설이 실증될지도 모르는 일이다.

그때쯤이면 나야 살아 있지 않겠지만 혹 살아 있다 해도 "난 말이지, 문화 따윈 어찌 되든 상관없고 그저 따뜻한 게 좋아요" 하며 천연덕스럽게 말하는 얄미운 할머니가 되어 있을 것 같다.

그러나 중요한 사실은 더운 지방의 자연 생활에서는 계속적, 구조적, 가설적인 사고는 분명 불가능하다는 점이다. 이것은 나의 실감이다. 하지만 그래도 인간은 살아간다. 지금 우리들이 얘기하는 문화가 없더라도 사람은 즐거워하며 혹은 슬퍼하면서 살아간다. 행복의 정도도 전력으로 조절되는 쾌적한 도시 생활에서 우울증이나 노이로제에 걸린 사람들보다 더 클지도 모른다.

부족하니 불결할 수밖에 없다

청결이란 본질적인 것일까

인간의 생활이 청결하고 안 하고의 문제는 그다지 본질적인 것이 아니라 생각한다. 나는 청결한데 타인은 불결하다고 비교하는 것만큼 단순한 우월감도 없다. 한 일본인 작가는 종전 이래 이를 닦은 적이 없다는 말을 하기도 했고, 나는 사하라 사막을 종단할 당시 닷새 동안 내내 세수도 하지 않고, 이도 닦지 않고, 옷도 갈아입지 않은 채 생활하면서도 전혀 아무렇지 않았다. 전혀 아무렇지 않았을 뿐 아니라 사실 상쾌하기까지 했다. 날마다 옷을 갈아입거나 화장을 하거나 양치하는 일에 얼마나 많은 시간을 허비했는가를 생각하며 새삼 깜짝 놀랄 정도였다. 사막에서의 원시적인 생활은 나에게 상상 이상의 풍요로운 시간을 누리게 해주었다.

나는 지금도 청결이 어느 정도로 중요한지 사실 잘 모르겠다. 암의 원인조차도 불결이 초래한다는 설을 분명 읽은 적이 있지만 나 자신은 으레 식사 전에 손을 씻는 습관도 없다. 전철의 가죽 손잡이를 잡았던 손으로 샌드위치를 먹어도 전혀 개의치 않는다. 다른 사람으로부터 '당신 참 불결하네' 라는 소리를 들어도 내 나이 정도가 되면 그다지 상처받을 일도 아니다. 손을 씻지 않으면 식욕이 나지 않는다고 말하는 사람 쪽이 오히려 불편하지 않을까 하는 생각도 한다.

그러나 상식적으로 생각하면 분명 개발도상국 사람들의 생활은 당연히 불결하다고 말할 만하다. 그 이유는 간단하다. 수도가 집집마다 없기 때문이다.

세탁으로부터 해방된 나라

나는 상수도가 없는 많은 사람들이 어디까지 멀리 가서 물을 길어 오는지 엄밀하게 조사해본 적은 없다. 아마 물어봐도 정확하게 대답할 수 있는 사람이 별로 없으리란 생각 때문이다. 아프리카에서는 앞으로 몇 시간인가 혹은 어느 정도 먼 거리인가에 대한 정확한 대답을 기대하는 건 무리이다.

아무튼 여성들이 머리에 물통을 이고 허리를 꼿꼿이 세우고 물을 길러 가는 모습은 한 폭의 그림과도 같지만, 편도 10분 그 정도로 가까이에 물이 있다면 운이 좋은 경우일지도 모른다 정도 걸려서 길어온 물로 충분히 목욕을 하거나 세탁을 할 여유는 통 없다.

그러나 필리핀의 매우 가난한 마을 사람들은 세탁은 자주 한다고 한다. 필리핀보다 좀더 가난한 아프리카 마을에서는 세탁을 거의 하지 않는다고 한다. 그 이유에 대해 내가 정확한 대답을 내놓을 수 있으리라고는 생각하지 않지만, 아마도 그들은 물을 구하기 어렵기 때문이 아닐까 싶다.

아프리카 생활에서는 믿을 수 없을 만큼 오랜 시간을 땔감 마련과 물 운반에 소비한다. 두 가지 다 여성들의 일이다. 아내를 잃고 딸도 없는 가장의 경우 누가 물을 길으러 가는지 나는 여태 들어본 적이 없다. 그러나 남자가 물을 길으러 가는 모습을 나는 아직 본 적이 없다. 장작은 아이들도 운반하지만 머리에 장작 더미를 이고 몇 킬로미터나 되는 길을 걸어가는 일 역시 여자들 몫이다. 난민 캠프에서 등유 연료가 배급된 때조차도 가지러 가는 사람은 역시 여성이다. 중동·아프리카에서 일의 분담은 무게나 거리 등과 관계없이 오로지 직종에 따라 전통적으로 정해져 있는 듯하다.

빈곤이나 기아도 항상 연료 부족과 함께 생겨난다. 처음부터 무계획적으로 나무를 계속 베어오며 나무심기를 소홀히 하거나 농사를 위해 쥐불을 놓은 곳들이 많으면 장작으로 쓸 나무가 점차 마을 근방에는 없어지게 되고, 여성들이 보급 가능한 숲은 점차 멀어지게 된다. 때로는 당일에 갈 수 없을 만큼 멀리까지 장작을 구하러 간다는 이야기를 들은 적도 있다. 머리에 일 수 있는 장작의 양은 한정되어 있으므로 그 장작을 취사에 사용해버리면 며칠 후에는 또다시 더 멀리까지 장작을 구하러 가야만 한다.

그 사이사이에 물 긷는 일도 기다리고 있다. 그것 역시 여성의 몫이다. 성서 속 여러 이야기에도 여성이 우물가에 등장한다. 그렇게 길어오는 물은 음료만으로도 겨우 될까 말까 한 정도이므로 세탁까지 할 여유는 없으리라. 그러므로 필연적으로 생활 속에서 세탁이라는 부분은 결여되어 있다.

세탁을 하지 않아도 되니 한가하겠다고 말할 수는 없다. 오히려 여성들은 날마다 아이를 시켜 그날 저녁 식사분의 쌀을 절구에 찧지 않으면 안 된다. 아니 그보다 먼저 벼를 탈곡하는 중노동 또한 여성의 몫이다. 기계로 탈곡하는 것이 아니다. 마다가스카르에서는 말린 벼 다발을 쥐고 이삭 끝을 돌로 쳐서 벼 다발에서 이삭 부분을 분리한다.

그러나 세탁 일에서 분명히 해방된 지역은 있다. 세탁을 하지 않는다는 것만으로도 인생은 상당히 편안하고 여유가 있을 것이다. 세탁기 안에 세탁물이 잔뜩 밀려 있는 것만으로도 노이로제에 걸리는 일 따윈 이러한 지역에는 없다.

옷은 빨지 않고 계속 입다가 이따금 기분 전환을 위해 옷을 갈아입는 지역이 있다. 브라질 빈민굴이 그렇다. 벗은 옷은 개서 정해진 곳에 두지도 않는다. 벗은 곳에 소똥처럼 그대로 둔다. 옷을 개거나 잘 간수해두거나 하는 일을 신경 쓰지 않는 것만으로도 꽤 시간이 날 거라는 엉뚱한 생각을 해본다. 이런 가난한 사람들은 실제 셔츠나 바지 등을 의외로 꽤 많이 갖고 있다. 사람들이 기증해준 옷들이 오랜 세월 쌓였기 때문이다. 그 몇 십 장이나 되는 티셔츠나 바지를 거의 빨지 않고 번갈아 바꾸어 입는다.

때 묻은 옷은 때가 섬유를 상하게 하기 때문에, 때가 많이 묻어 있는 곳에서부터 헤져간다. '때에 찌든 듯한 누더기'나 '기카이가 섬의 칸 스님이 몸에 걸쳤을 법한 대황 같은 누더기'가 그런 것이리라.

갓난아기에게 기저귀를 채워주지 않는 곳도 얼마든지 있다. 열대 지역에서는 알몸이라도 별로 춥지 않기 때문에 그래도 괜찮다. 엄마는 허리뼈 위나 엉덩이 위로 허벅다리를 양쪽으로 벌리게 하여 아이를 안거나 업는다. 그 부분의 옷이 축축이 젖어서 뭔가 따뜻한 느낌이 들면 아이가 오줌을 눈 것이다. 그러나 오줌으로 젖어도 옷을 갈아입지도 않는 것 같다. 말리면 그만이므로.

불결한 병원 때문에 오히려 환자가 늘어난다

선진국형 의료를 도입한 산부인과에서는 갓난아기에게 기저귀를 채우도록 지도했다. 마다가스카르의 일본인 수녀들이 경영하는 산부인과도 신생아에게 기저귀를 채워주고 있었다. 그러나 산모들은 기저귀가 젖는 대로 하나하나 빨아준다는 생각은 전혀 없었다. 젖은 기저귀를 그대로 병실 여기저기에 매달아 말리고 있었다. 소변이란 미균이 없으므로 그렇게 해도 괜찮을지 모르겠으나, 병실은 소변 냄새로 진동한다.

병원을 보더라도 불결함에 꽤 무딘 나부터도 오싹오싹 두려움을 느낄 때가 있다. 딱히 건물의 파손이 그대로 불결과 연관되지 않을지도 모르지만, 복도 아래 벽은 떨어져 나가고, 전기는 끊어진 채, 계단 모서리는 깨져 떨어지고, 창문은 언제 닦았는지 모를 정도로 더러운 건물도 지천이다. 검사실 천장에는 커다란 구멍이 뚫려 있어 아마 비가 오는 날에는 마구 샐 것 같다. 마루 타일도 없어져 콘크리트가 드러나 있는 병원도 결코 드물지 않다. 검사대 위에는 고작 현미경 한 대뿐. 그밖에 무엇 하나 제대로 된 자재가 없는 광경도 전형적인 모습 중 하나이다. 방사선 기계는 있지만 이미 몇 년 동안이나 부서진 채로 화석처럼 되어버렸다는 설명을 듣고는 "그럼 집도 그렇습니까?"라고 맞장구를 칠 정도였다.

에이즈 환자는 믿기 어려울 정도로 많다. 부르키나파소의 보보 디울라소라는 제2 도시 국립 병원에서는 1990년대 중반쯤에 입원한 환자 세 명 중 한 명이 에이즈였다. 그래도 특별히 에이즈 환자만의 전문 병동이 있지도 않았다. 보통 입원 환자의 옆 침대에 해골처럼 야위고 홀쭉해져 더 이상 치료다운 치료 한 번 받아보지 못한 채로 죽어가는 환자가 누워 있다. 그 환자의 어머니가 나를 외국인 여의사라 생각했는지 도움을 청하는 듯한 시선을 보냈으나 나는 얼굴을 돌리고 그 곳을 지나쳐 나올 수밖에 없었다.

어디 할 것 없이 죄다 위생 기구나 자재 부족은 심각하다. 내가 방문했던 중앙 아프리카의 몇 나라 병원에서는 수도의 대표적인 병원 외에는 일회용 주사기가 필요한 만큼 있는 곳이 없을 정도다. 이전의 종주국이 세워놓은 병원 건물은 수십 년 간 제대로 보수도 하지 않았기 때문에 지금은 폐허에 가깝다. 그러한 곳을 방문할 때마다 우리들은 주사기를 수십 개나 가져갔지만, 그 개수로는 턱없이 부족하여 도저히 어림도 없었다. 그러나 달리 방법이 없으므로 앞일은 생각지 않고 무조건 놔두고 온다. 상대방도 당연히 기뻐하기는 하지만.

그러나 그런 병원을 방문하고 돌아온 날은 저녁 무렵이 되면 나는 그 결과를 생각하지 않을래야 않을 수가 없다. 주사기가 하나도 없어 오히려 주사가 일절 불가능한 편이 나을지도 모른다고, 아무것도 모르는 나는 생각한다. 이런 병원에서는 반드시 한 번 쓰고 버려야 할 일회용 주사기를 사실 재사용하고 있다. 일회용 주사기의 재질은 종래의 유리와는 달리 끓이면 형태가 변해 실린더가 휘여져버린다. 요컨대 완전히 끓여 소독하면 그 주사기는 다시 사용할 수 없게 되기 때문에 물로 씻기만 하여 재사용한다. 그리하여 또다시 에이즈가 만연하는 원인이 된다.

주사기뿐만이 아니다. 병원의 검사 기사가 사용하는 의료 장갑조차 없는 곳이 많다. 간호사들은 혈액 검사를 하는데 아무렇지도 않게 맨손으로 채혈을 한다. 아프리카 의료 시설의 불결은 이미 감각으로 허용하고 허용하지 못하는 그러한 단계가 아니다. 이미 병원 자체가 감염의 기회를 제공하는 장소가 되어버렸다고밖에는 생각할 수 없다.

아이들이 집에 돌아가고 싶지 않은 이유

학교는 있으나 화장실이나 손을 씻을 설비가 전혀 없는 곳이 극히 일반적이다. 학생들은 쉬는 시간에 모두 근처에 있는 빈터 여기저기에 뿔뿔이 흩어져 볼일을 본다. 종이는 사용하지 않기 때문에 흔적은 별로 남지 않는다. 대변은 풀이나 돌로 닦든가 전혀 닦지 않기도 한다. 인도 같은 곳에서는 물을 뜨는 작은 용기를 가지고 가 처리하기 때문에 훨씬 청결하다. 화장실이 있어도 마다가스카르의 어떤 학교에서는 약 100명당 하나 꼴이었다. 사실상 사용 불가의 상태다.

내가 활동하는 작은 규모의 NGO는 지금까지도 학교 화장실을 만드는 일에 돈을 기부해왔다. 그러나 나는 그 일에 대해서도 또한 고

민을 한다. 만일 아이들이 화장실이 있는 생활이 당연하다고 생각하게 되면 교육의 목적은 달성하게 되겠지만 그들이 각자의 집에 돌아가면 불편함을 느끼게 될 것이 뻔하기 때문이다. 가정을 불만족스럽게 생각할 요소들을 우리들이 제공해도 과연 괜찮은지 말이다.

가난한 집 아이들이나 버려진 아이들을 수용하는 기숙 학교는 많다. 거기에서 수녀들은 아이들에게 청소나 세탁, 바느질을 가르치고, 매일 목욕을 시켜 깔끔한 생활을 하게 한다. 물론 검소하기는 하지만 식사도 거르는 일은 없다.

그리고 수녀들은 가능한 한 휴일에는 아이들을 일단은 버린 부모 곁으로 돌려보내려고 한다. 그러나 귀가를 싫어하는 아이들도 나온다. 돌아가도 모친은 알콜 중독이다. 남자를 끌어들인 엄마도 있다. 그리고 무엇보다 먹을 게 없다. 그렇게 집에 돌아가고 싶어하지 않는 아이를 만드는 원인의 하나는 선진국 수준의 교육과 원조이다.

가난한 국가의 무능력

그것을 불행이라 할 수 있을까

선진국 사람들에게 "당신들은 불행을 모르네요."라고 말하면 많은 이들이 저항감을 느끼며 이렇게 항의하리라. "그렇지 않아요. 아들의 성격 장애, 배우자의 바람기, 융자금 상환, 딸의 비행, 지병인 고혈압 등등, 행복한 생활을 한 번도 해본 적이 없어요."라고.

그것도 분명 맞는 말이다. 불행은 주관적이기에 그것이 어느 정도로 괴로운지는 비교할 방법이 없다. 전기처럼 계측해서 수치로 나타낼 수도 없으니 말이다.

선진국에 불행한 사람이 없는 것 같다는 나의 말은 먹을 수 있다든지, 입을 수 있다든지, 병을 치료받을 수 있다든지 하는 기본적인 보장 제도가 믿을 수 없을 만큼 확립되어 있기 때문이다. 참혹한 피해를 당한 경우에는 피해를 가한 상대방이나 국가로부터 보상받는 것이 당연하다고 대부분의 사람들은 말한다. 그러나 그런 제도나 상식이 세계적으로 확립되어 있는 것은 아니다.

선진국에서는 전사자의 유족도 보상받고 있다. 물론 그것으로 고

인의 생애가 보상받은 것은 아니다. 고작 1주일 간의 신혼 생활을 맛본 것뿐으로 끝내 전쟁터에서 돌아오지 못한 남편과 아내의 생애가 보상을 받았다고 한들 해결되지는 않는다. 그러나 홀로 남은 아내는 어떻게든 굶지 않고 살 수 있었다.

한편 전세계 많은 사람들은 불운을 보상받는 제도의 혜택을 전혀 입지 못하는 곳도 있다. 그것을 절실히 느낀 때는 1999년 구 자이르 현재 콩고민주공화국 킨샤사에서 방문했던 차고의 광경이다.

내란의 나라 자이르

자이르는 1960년에 벨기에령에서 독립했다. 지금도 공용어는 프랑스어이며 그 외에 콩고어, 루바어, 링갈라어, 스와힐리어 등을 사용하는 사람들이 있다. 다이아몬드, 코발트, 석유 등을 생산하는 나라로 원래대로라면 풍요로운 나라가 되었어야 마땅했다.

그러나 1998년 8월에 시작된 내란은 인접한 르완다, 우간다, 부룬디 3개국을 대립적으로 끌어들여 투치족과 후투족과의 대립도 노골적으로 드러내면서 밀고, 고문, 린치, 학살, 시체 약탈 등 여기저기서 처참한 항쟁의 결과를 낳았다.

지금까지 나는 몇 번이나 자이르에 들어가려고 시도했지만 그때마다 계획이 무산되었던 이유는 내전 발발에 부딪혔기 때문이다. 내가 개인적으로 참가하고 있는 해외일본인선교사활동후원회라는 자원 봉사 조직이 해외에서 활동하는 일본인 수녀들에게 자금 원조를 해왔기 때문에 나는 일본 전국의 선의의 사람들로부터 맡아두고 있는 돈이 이를테면 정확히 사용되어지고 있는지 어떤지를 파악하기 위해서 무슨 수를 써서라도 자이르에 들어가보고 싶었다.

1998년의 경우는 현지에 거주하는 수녀로부터 상황이 좋지 않다는 연락이 왔다. 그러던 중 정전, 단수, 물자 부족이 계속되던 수도에 포성이 들리게 되었다. 얼마 지나지 않아 전화 회선도 끊어지고, 이윽고 공항이 일시 폐쇄되었다는 뉴스가 전해졌다. 줄곧 폐쇄되는 건 아니었고, 가끔 열릴 때 스위스항공 정기편이 날아온다고는 하지만, 언제 다시 공항이 폐쇄될지 알 수 없었다. 이윽고 대사관으로부터 재류 일본인에게 본국으로의 귀국 권고가 나왔다. 하지만 수녀들은 대사관 명령에 따르지 않고 현지에 머물렀다.

그래도 나는 혼자라면 하는 데까지 계획을 속행할 수 있을 텐데 하는 생각을 했다. 비행기는 멈추기 전까지는 날고 있을 것이며 나 혼자라면 어떻게든 뇌물을 주고서라도 이웃 나라로 도망칠 수 있을 것 같은 생각이 들었다. 나는 사소한 뇌물 수수에 대해서는 조금도 양심의 가책을 느끼지 않는 파렴치한 면이 있다.

그러나 그때 우리들은 중앙 관청 직원, 매스컴 관계자를 포함해

열예닐곱 명이 동행할 예정이었다. 혼자라면 음식의 양도 짐작할 수 있겠지만, 전기가 끊어지면 물도 나오지 않게 되고 취사 연료도 부족하리란 것은 불 보듯 뻔하다. 전화 통화도 어려워지리라. 그런 상황에 처하면 대부분의 일본인은 공황 상태에 빠진다. 나 혼자라면 돈다발을 쥐어주고서라도 무리하게 비행기 좌석을 확보할 수도 있겠지만, 열예닐곱 명분의 식량과 탈출 시 비행기 좌석 확보는 어려운 일이다. 그래서 나는 자이르 행을 단념했었다.

버스 차고를 거처로 삼는 미망인들

내란이 수습된 1999년, 다년 간의 소망을 이루어 겨우 킨샤사 마을에 들어간 우리들은 시내 안내를 받고 있던 중 이 나라 건물이라고 하기엔 상당히 근사한 아파트 단지를 본 적이 있다. "저건 뭐지요?" 하고 내가 묻자, 군인 숙소라고 알려주었다. 하사관이나 병사까지 저런 주택에 들어갈 수 있는지 어떤지는 모르겠지만 하여간 군인은 우대받고 있는 듯한 인상을 받았다.

그러나 내전에서 군인인 남편을 잃고 남겨진 미망인들의 운명은 비참하다는 이야기를 나는 미리 들어 알고 있었다. 그러던 어느 날 우리들은 미망인들을 한 번 만나러 가자는 의견이 모아져 소형 버스에 올라탔다. 그 버스는 갑자기 마을 안으로 들어가 주유소와 연결된

담을 따라 들어가더니 멈췄다. 나는 기름을 넣으려고 차가 그 곳에 멈춰선 줄 알았다. 그러나 주유소와 연결된 담벼락엔 커다란 대문이 있었고, 그 안에는 아주 넓은 공간과 차고 같기도 하고 시장 같기도 한 건물이 있었다.

그 곳은 사용하지 못하게 된 버스 차고로 현재는 미망인들의 거처로 사용되고 있었다. 차고이므로 안에는 방처럼 칸막이도 없다. 그녀들은 달랑 지붕 하나만 제공된 채, 비를 막아가면서 그렇게 살아가고 있었다. 거기에는 약 400명 이상의 엄마와 아이들이 살고 있었다. 각자 자신의 영역을 빈 상자로 구분짓고 줄에 누더기 천을 걸어 커튼으로 사용하며, 콘크리트 바닥 위에 돗자리나 이불을 깔고 잔다. 옆에는 몇 개 안 되는 빈 깡통, 빗자루, 양동이 등의 가재 도구가 놓여 있다.

남편의 죽음에 대한 보상은 아무것도 없었다고 한다. 게다가 남편이 살아생전에는 들어갈 수 있었던 군인 숙소에서도 쫓겨나고 말았다. 먹을 만큼의 쌀가루나 기름 배급은 있는 듯하나, 현금은 전혀 없다. 수도꼭지는 있으나 목욕탕도 샤워기도 없다. 공동 화장실이 있었지만, 그 숫자도 부족하고 모두 들판에서 볼일을 보는 습관이 있기 때문에 적당히 그 부근에서 볼일을 보는 듯했다.

그러나 약간은 말 못할 속사정도 있다. 담배 같은 하찮은 물건을 사들여와 그 안에서 팔며 푼돈을 버는 사람도 당연히 있으리라. 시장에서 일하는 사람도, 청소부 같은 잡일을 하는 사람도 있으리라. 개중에는 남자와 관계하는 일을 통해 돈을 벌어 '특권 계급' 생활을 하는 사람도 있을 테고, 매춘을 하는 여성도 있으리라. 실제로 미망인 뿐인 시설이어야 할 이 차고에서 태어난 지 얼마 안 된 갓난아기도 있어 그 지역 수녀에게 물어보니 갓난아기는 반드시 전사한 남편의 유복자도 아닌 모양이다. 때문에 아기 엄마는 갓난아이의 탄생을 재난은커녕 선물 받은 듯이 기뻐한다.

그러나 그 시설은 역시 이 지방의 치부로 생각되어지는 듯하다. 우리들이 도착한 지 20분 정도 지나자 굳은 표정의 경찰들이 들어와서 취재 허가증은 갖고 있느냐고 묻는 것 같았다. 동행한 신문 기자들은 여전히 사진을 찍고 싶어했고 이야기도 듣고 싶어했다. 예부터 이런 돌발 상황에서 취해야 할 방법은 다 정해져 있다. 나는 일부러 경찰에게 상냥하게 말을 걸면서 시시한 선물을 건네며, 동행한 수녀들의 통역으로 "우리들은 크리스천 일행으로 여기서는 단지 아이들에게 축구공과 줄넘기 줄을 주러 왔을 뿐"이라고 차근차근 설명하며 시간을 번다. 실제로 아이들은 공을 받고는 기뻐 흥분한 모습이다. 이 정도로 아이들이 많은데도 이 곳은 장난감 하나 제대로 없다.

빈곤, 어떤 논리로도 받아들일 수 없는 상황

그럭저럭 시간을 벌고 그 곳을 떠난 후에 나는 친구인 수녀에게 마구 질문을 해댔다.

여기에 있는 미망인들은 아직 젊다. 아이도 어리다. 국가의 원조나 보상 없이 일생을 살아갈 수는 없다. 그러나 학교 선생님 월급조차 벌써 몇 개월이나 밀려 있는 국가 재정 형편상 나라의 희생자를 일생 동안 먹여 살린다는 것은 도저히 불가능한 일이다. 그렇다면 그녀들을 부모 곁으로 돌려보내면 어떨까. 혹은 죽은 남편의 고향으로 돌려보내면 죽은 아들의 유복자인 손자와 살 수 있는 노부모는 기뻐할지도 모른다. 도시이기 때문에 먹을 수가 없는 거다. 일본의 경우 도시라면 일자리가 있다. 공장이나 철도, 식당이나 호텔도 이러한 미망인들을 청소 용역원이나 파출부로 써줄지도 모른다. 그러나 이 나라에서는 일자리가 극히 적다. 성실한 남성이나 대학 졸업자에게도 일자리가 없다. 때문에 자식 딸린 미망인이 돈벌이를 한다는 건 상상도 할 수 없는 일이다. 시골 땅은 위력이 막강하다. 고향 마을에는 야생의 망고나무도 있고, 뒤뜰에는 바나나나무도 있어 그것들이 어머니와 자식의 입에 풀칠은 해줄 수 있으리라. 단순 농업이라면 아이 딸린 미망인도 가능할 것이고. 그러나 수녀는 그 대안에도 고개를 가로저었다.

"소노 씨, 시골로 돌아가는 것은 좋지만 일인당 비행기 요금이 3만 엔이나 들어요. 그 큰 비용을 대줄 사람은 아무도 없답니다."

그도 그러하리라. 아이가 네 명 있다면 엄마까지 다섯 명, 15만 엔이나 든다. 앞에서도 말했지만 세계적으로 빈곤한 가족은 현재 한달에 3,000엔으로 살아가고 있다. 혼자가 아니다. 한 가족의 수입이 그러하다. 그야말로 15만 엔은 꿈 같은 큰돈이다.

"하지만 굳이 비행기를 타지 않아도 되잖아요. 버스로 사흘 걸린다 하더라도 어쨌든 집에 돌아가기만 하면 되지 않나요?"

수녀는 복잡한 표정을 지으며 난감해했다.

"비행기가 아니면 돌아갈 수 없는 마을도 꽤 많아요. 전혀 길이 없는 곳이지요. 정글 속을 걸어가면 되겠지만 수백, 수천 킬로미터나 되는 거리를 그것도 아이들까지 데리고 간다는 것은 불가능하죠. 자동차가 지나갈 수 있는 길이 전혀 없는 곳도 있어요."

나는 그러한 마을의 존재를 그때까지는 전혀 상상조차 해본 적이 없었다.

집의 대지가 도로로 사용되어도 보상, 비행장 소음에도 보상, 의료 과실에도 보상, 범인을 알 수 없는 사고를 당해도 보상. 최근에는 자원 봉사 활동 중에 받은 손해에 대해서도 보상받을 가능성이 생겨났다. 일본인은 누구 할 것 없이 이러한 보상들을 당연시 생각한다.

그러나 세계에는 보상이라는 단어를 들어본 적도 없고 실감한 적도 없이 살아가는 사람들이 수없이 많다. 그런 사람들의 생각은 이 세상에는 불운과 불행이 도처에 깔려 있어 그것과 만나면 덥석 먹혀버리고 만다. 그런 운명은 도저히 거역할 수 없는 운명이므로 순순히 받아들인다는 사고다.

"그렇지만 그것은 법에 어긋나죠. 정부는 미망인들에게 보상을 해줘야 하지 않나요?" 하며 젊은이들은 말한다. 보상의 이론은 절대적으로 타당하며 미망인들의 생활을 돌보지 않고도 태연한 정치가가 있다는 사실도 생각할 수 없다는 말투다.

나는 당시 카비라 대통령 편을 든 건 아니다. 그러나 이 세상에는 단 한 가지, 어떠한 논리로도 받아들일 수 없는 상황이 있다. 다름 아닌 빈곤이다. 가난하면 사람들은 아무리 두려운 일이라도 닥치는 대로 할 위험이 존재하며, 이와 동시에 가난하면 아무리 정당한 일도 실행 불가능하게 된다.

배우지 못한 사람들의 이기주의

그런 식으로 열심히 일해봤자 무슨 좋은 점이 있을까

아마존 중류의 마나우스는 당시엔 꽤 오지라고 생각했었는데 지금은 근대 도시다. 아마존 강이라는 수상 운송의 편리함에 힘입어 자유 무역항으로 만들어 세계를 일주하는 호화 여객선도 들른다. 비행기 편도 많고, 작지만 화려한 오페라 하우스도 말끔히 단장했다. 마을에는 고층 빌딩도 들어서 있다.

그러나 근대화된 사회 바로 옆에 지금도 여전히 문화에서 완전히 잊혀진 듯한 빈곤층이 살고 있는 구역이 있는 것도 현실이다. 그들 대부분은 의무 교육을 받지 못하고 있다. 학교가 없지는 않으나 현실적인 여러 가지 문제로 인해 다닐 수 없는 요인이 너무 많다. 아마존 지류를 건너는 배가 없다. 아이들도 일하지 않으면 살아갈 수 없다. '그 정도로 가난한 사람들의 사회인데도'라고 해야 할지, '그 정도로 가난한 사람들의 사회이기 때문에'라고 해야 할지, 여자 아이가 야간 학교에 다니면 폭행을 당한다. 이러한 벽지 마을의 학교는 2부제, 3부제가 보통이다.

부모들은 교육의 의미를 잘 모른다. 부모들은 자신들도 교육을 전혀 받지 않았지만, 그래도 살아간다. 어떻게든 먹고 입고 잠자고 일하고 성행위를 하며 아이도 낳아 길렀다. 교육 따위 받지 않아도 살아갈 수 있다. 왜 교육을 받지 않으면 안 되는지 이해하지 못한다.

우리들도 한 번쯤 이렇게 생각해보면 또 다른 시야를 가질 수 있으리라. 학교에 가서 교육을 받고 자격을 얻어 회사원, 일중독자가되는 것이 과연 교육을 받는 본래의 목적이었는지 자문해볼 필요가있다. 교육을 받아 교양 있는 인간이 된다 함은 스스로 자신의 생활방식을 기본부터 선택하기 위해서다. 이를테면 자신의 철학이나 신앙을 갖는 일이다. 그러나 대학을 졸업하더라도 도쿄대 법대를 나왔어도 그런 생활 방식을 고수하고 있는 사람은 좀처럼 드물다.

그래서 다음과 같은 우스운 이야기가 생겼다. 부지런히 일하는 사람이 어느 게으른 남쪽 지방 사람에게 "좀더 열심히 일하세요"라고훈계를 했다. 그러자 상대방이 물었다.

"그런 식으로 열심히 일해봤자 무슨 좋은 점이 있나요?"

"일하면 돈을 벌 수 있죠. 고등 교육도 받을 수 있고. 출세도 할 수있어요."

"그렇게 하면 당신처럼 되겠네요. 나는 당신 같은 그런 생활을 그다지 하고 싶진 않아요."

물론 나는 일중독자가 나쁘다는 건 아니다. 외환 거래를 하는 딜링룸에서, 달러와 엔 시세에 목숨 바쳐 하는 일이 너무너무 재미있어 견딜 수 없을 정도라면 그건 대단한 능력이다. 그러나 조직이나 회사에 일부이긴 해도 자신의 영혼을 팔아넘기는 사람이 많은 것 또한 사실이다.

그럼에도 불구하고 모든 일본인은 지식인이 되어버렸다는 사실을 다시 한 번 느낀 경우가 이번 여행이었다. 요컨대 일본 어디에서도 글을 읽을 수 없고 교육을 받지 않은 사람을 볼 수 없게 되었다는 비극이다.

학교를 나왔다고 해서 자동적으로 교양인이 되는 건 아니다. 그러나 세속적 교양인에게 공통된 한 가지 자세는 있다. 바로 '만일 내가 ~였다면'이라는 가정하에 생각하거나 말하거나 하는 일이 가능하다고 하는 점과 자신의 생각이나 처해 있는 입장 등을 객관적으로 표현할 수 있다는 점이다.

꿈 꿀 여력조차 없다

아프리카, 인도, 남미 등의 여러 나라에서 외국인이 아이들에게 "너는 장차 무엇이 되고 싶니?"라고 묻는 장면을 자주 볼 수 있다. 천진난만한 아이는 자신의 능력을 생각지 않고 '우주 비행사'라든지

'카레이서' 등이라고 말하겠지 하는 전제하에 하는 질문이다. 그러나 이러한 나라 사회 밑바닥에 살고 있는 사람들에게 그것은 너무나도 잔혹한 질문이다. 왜냐하면 그들은 확실한 '현실'을 누리지 못하기 때문에 꿈 꿀 여력도 없다. 당장 오늘 저녁과 내일 아침을 먹을 수 있다는 보장이 없다. 병에 걸리면 병원에서 반드시 치료를 받을 수 있다는 시스템도 되어 있지 않다. 에이즈 사망자 때문에 최근 평균 수명이 30세 미만이 되어버린 나라도 있다. 30세 나이로는 인간은 진정 무르익지 못한다. 이 세상의 보통 사람의 수명도 평범한 인간다운 삶도 누릴 수 없는 지경이니, 무엇이 되고 싶냐는 질문을 받더라도 대답하기 곤란해지는 게 당연하다.

인도의 계급 제도는 법적으로는 없는 것으로 되어 있지만 해마다 사회 깊숙이 뿌리를 뻗어가고 있다. 힌두교는 불가촉민이라고 불리는 최하층 사람들이 카르마전생의 인연의 결과로서 그렇게 태어났다고 가르치고 있기 때문에, 인간은 모두 평등하다는 이상이 파고들어갈 여지가 없다. 계급에 따라 직업도 결정된다. 부모가 석공이면 자식도 석공이 된다. 그 이외의 직업에 몸담을 가능성은 어지간히 강렬한 개성이나 행운이 없는 한 전혀 불가능하다.

게다가 자신의 마을을 거의 벗어난 적이 없는 그들은 부러워할 만한 인생의 표본을 모른다. 비행기나 비행장을 본 적도 없기 때문에 외국에 자신과는 전혀 다른 삶을 살고 있는 사람이 있다고 몽상하는 일조차도 불가능하다. 현실에는 존재하지 않더라도 우리들은 '꿈 같은 생활'을 가령 할리우드 영화나 잡지, 신문, 그리고 무엇보다도 텔레비전 등을 통해 본다. 그러나 그들의 행동 가능 범위에는 영화관도 없다. 신문이나 잡지를 살 돈이 있으면 오늘 밤에 먹을 만조카 가루를 살 것이다. 텔레비전도 보고 싶겠지만, 전기가 없기 때문에 그런 소박한 희망도 이루어지기 어렵다. 꿈일지언정 '저런 생활을 하고 싶다, 저런 직업에 종사하고 싶다, 만약 다시 태어날 수 있다면 저런 물건도 사고 싶다'는 모델이 없다.

자신만 존재하는 의식 세계

학문을 하지 않은 사람들은 추상적으로 사물을 표현한다거나, 또 자신이 수많은 사람들 중에 일원이라는 파악이 불가능하다. 그들이 실감으로써 알고 있는 사실은 항상 자신 혼자이다.

일찍이 한센병에 걸렸을 때 적절한 치료를 받을 수 없어서 눈도 보이지 않게 되고 손도 손가락도 잃어 나무공이처럼 되어버린 늙은 여자들이 모여 사는 집을 마나우스 근처에서 방문했다. 그녀들 대부분은 몇 십년 전 아마존 강 기슭에 배에서 내려졌을 때 이미 가족으로부터도 버림받았다. 이후에 그녀들은 두 번 다시 가족들의 얼굴을 볼 수 없었다.

　그중 단 한 사람, 경우가 다른 여성이 있었다. 옛날 브라질에서는 한센병을 앓는 여성이 출산한 아이는 바로 격리시켰다고 한다. 감염을 방지하기 위해서였겠지만 여성들에게는 얼마나 괴로운 일이었을까. 그러나 그녀의 경우는 사내아이의 해산을 도운 산파가 좋은 사람이어서 그 후에도 산파와의 만남이 이어졌다. 20년 이상이 지난 지금 한센병은 완전히 나을 수 있는 병이 되었고 여전히 환자들과 가난한 집에서 집단으로 생활하고 있었던 그녀는 아들을 만나고 싶어했다. 의사는 아니지만 의료 관계 시설에서 성실하게 일하고 있는 그녀의 아들은 그 이후 가끔 엄마를 찾아오게 되었다.

　그 시설에 있는 노인들의 가장 큰 슬픔은 가족에게 버림받았다는 사실이다. 그러나 그중의 단 한 사람, 그녀에게만은 아들이 찾아온다. 주변 사람들도 부러워할 것이며, 나였다면 나 혼자만의 행복이 괴롭게 느껴질 때조차 있었으리라.

　그러나 그녀는 담담했다. 단지 3~4미터밖에 떨어지지 않은 곳에서 나무공이 같은 손을 가진 맹인들이 외로움과 슬픔을 호소하고 있는데도, 자신이 누리는 행운이 다른 사람들에게 미칠 심리적 영향 따위는 전혀 생각해본 적도 없는 듯 태연했다.

　이 행복한 여성 역시 어릴 때부터 한센병이 발병한 탓에 학문할 기회가 없었다. 거기에다 점점 눈꺼풀이 마비되어 눈이 감겨지지 않게 되자 안구가 말라 각막이 손상되기에 이르렀다. 때문에 중년이 되고나서 뒤늦게나마 공부할 기회조차 잃어버렸다.

그 결과 그녀의 의식 세계에는 자기 한 사람만이 존재하게 되었다. 자기의 입장, 자기가 편한 것, 자기가 얻은 것을 당연시하는 습관만이 남았다. 가난한 사람들이 자기 집 봉당만은 깨끗이 하고그렇지 않은 사람도 많이 있으나, 집 밖은 먹다 남은 찌꺼기나 낡은 비닐 봉투가 굴러다녀도 전혀 개의치 않는 광경은 빈곤 계층의 주거 구역에서는 여기저기서 볼 수 있는데, 그것은 자신을 집단 주택에 사는 한 사람, 마을의 한 사람, 국민의 한 사람으로 생각하고, 자신의 행동 결과가 주위에 어떠한 영향을 미칠지 등등을 전혀 객관적으로 상상할 수 없기에 벌어지는 결과이다. 하물며 '지구촌'이라든지 '지구적 환경 생태학' 등의 말을 할 수 있다는 것은 학문을 하여 거짓이든 진짜든 지식인적 사고에 익숙해야만 가능한 일이다.

빈민가의 행복 필수품

브라질, 볼리비아, 페루를 연이어 여행하면서 나는 그 동안 잊고 지냈던 인간의 원점에 대해 많은 생각을 했는데, 그중에서도 귀중했던 경험은 그러한 원점을 이를테면 스스로의 의지로 지켜나가고 있는 일본인을 만났던 일이었다. 그중 한 사람이 바로 호리에 세쓰오 신부였다.

지난번에 호리에 신부를 만나뵈었을 때는 우리들이 브라질 동단의 존페소아라는 마을까지 찾아갔었다. 그 곳은 상파울로에서도 2,300킬로미터나 떨어진 먼 곳이었다.

신부는 존페소아 마을의 변두리 파도레제라는 빈민굴 속 작은 민가에서 신학생들과 머물면서 마치 수도원인 양 생활하셨다. 결코 다른 집을 슬쩍 엿본 것은 아니지만, 그 작은 집은 한가운데 공유 부분에 서면 집안이 전부 다 보였다. 침대를 사용하는 신학생도 있었지만 신부는 마루 위에 암페라 줄기로 엮은 거적 비슷한 것을 깔고 그 위에서 주무시는 듯했다. 일본인에게는 그다지 특이할 만한 사항이 아

151

니다. 우리들은 원래 다다미에서 자며 이불을 깔고 개면서 공간을 넓게 사용하는 법을 알고 있기 때문이다.

그러나 적어도 브라질에서는 이런 일본적 감각은 통하지 않는다. 브라질에서 웬만큼 사는 사람들은 반드시 침대에서 잔다고 한다. 그리고 가난한 집의 아이들 대부분은 주워온 망가진 소파나 맨바닥에 낡은 매트리스 따위를 깔고 잔다. 브라질에서는 어쩌면 맨바닥에서 잔다 함은 빈곤한 삶을 스스로 선택했다고 하는 의미가 되리라.

이번에 신부는 전근되어 아마존 강 중류의 마나우스로 거처를 옮겼다. 그리고 그 곳에서도 보통의 작은 민가에 다른 신부들과 함께 살고 계셨다. 집 대문도 활짝 열린 채로 더없이 한가로운 생활처럼 보였으나, 바로 뒷길은 위험한 곳이라고 누군가가 일러주었다.

그 곳에서는 신부가 당신 방을 가지고 계셨기 때문에 마음이 놓였다. 나는 공동 생활이 무엇보다도 서투르다. 물론 이러한 버릇은 누구에게나 마찬가지겠지만, 수도원에는 '공동 생활은 최대의 인내'라는 문구가 있어 옛날 수도 생활의 원칙을 고스란히 보여준다. 요컨대 수도원은 신부들에게 개인 방을 허용하지 않는다.

신부의 방은 3×1.6미터 넓이로 무척 좁았다. 그러나 신부는 당신에게 주어진 그 공간을 최고로 호화스런 장소로 느끼고 계셨다. 우선 창문이 하나 있었다. 유리는 끼워져 있지 않았지만 판자문이 있어 비

바람은 확실히 막아주었다. 창 밖에는 바나나 나무를 비롯하여 몇 그루의 나무가 보였다. 창 밖으로 나무가 보이고 그 나무가 바람에 흔들리는 모습을 감상할 수 있음은 최고로 멋진 시와 다름없다. 그렇다. 내가 만일 죄인이라면 내 눈 앞에 딱 한 그루의 나무조차 없을지도 모른다. 그런 생각을 하니 나무가 보인다는 사실만으로도 최고의 생활이다.

이 곳에서 신부는 암페라 줄기로 엮은 거적이 아닌, 이 근방 사람들이 주로 사용하는 해먹그물로 만든 침대에서 주무신다고 했다. 이 지역 사람들은 모두 해먹을 갖고 있었다. 아마존 강을 며칠을 걸려 오르내리는 배의 갑판에는 승객들이 일제히 해먹을 매달아두기 때문에 해먹을 매달기 위한 고리가 기둥에 부착되어 있다. 해먹은 암페라와 마찬가지로 아침이 되면 접어둘 수 있다. 아무튼 일본적 공간 이용 감각을 잃지 않은 듯한 신부가 내겐 재미있었다기보다는 항상 만족스러워 하시는 신부의 생활에 압도되었다. 당신 전용 책상도 책장도 있었다. 히브리어와 그리스어 사전도 있었다. 이것들로 성서 연구가 가능하다고 신부는 즐거운 듯 말씀하셨다.

빈민가 사람들의 집은 대부분 방이 한 칸 혹은 두 칸이었다. 그것도 제대로 된 칸막이가 있지도 않았다. 이쪽 공간은 개수대나 프로판 가스 구멍이 있고 냄비도 놓여져 있으므로 아마도 부엌이겠다. 또 저

쪽은 잘 나올지 어떨지 모를 괴상하고 낡은 텔레비전이 놓여 있는 것으로 보아 아마도 침실인 듯하다.

침대는 하나 혹은 둘. 거기서 다섯 명 이상 열 명 가까운 가족이 생활하는 것이 보통이다. 이를테면 부부나 부부와 아이가 한 침대에서 자고 다른 자녀들은 전부 땅바닥에서 잔다. 아이들은 그러한 생활 속에서 인간에게 땅이라도 있으니 잠잘 수 있다고 하는 사실을 깨닫게 된다. 땅이라도 있어 잠잘 수 있음을 자각한다면 인간은 공포로부터 해방된다. 오늘 밤 나는 어디서 자야 할까 하는 공포에 떨지 않아도 된다.

술과 섹스 없이 어떻게 살란 말인가

그러나 대부분의 경우 이렇게 가난한 집은 인간 소굴 같다는 느낌을 받는다. 씻지도 않고 청소도 하지 않으며 정리하지 않는 사람들이 많은 탓이다. 때문에 나는 가끔 빈민가를 방문하여 소파에 잠깐 앉기만 해도 벌레에 물렸다. 어떤 벌레냐 하면 실물을 보지 못했기 때문에 아마 집진드기겠지 싶다. 나는 벼룩에는 좀 민감한 편이라 보지 않고도 감각만으로 벼룩을 잡을 수 있는 특기가 있다. 그러나 대개의 경우 난잡한 집안에서는 나도 모르는 사이에 옷으로 가린 부분이 가려워지고, 그 가려움은 몇 주간이나 집요하게 계속된다.

그러나 빈민가의 커다란 문제는 다른 쪽에도 있었다. 다름아닌 아무렇게나 허술하게 지은 판잣집에 살면서 성행위를 한다는 현실이다. 언젠가 유엔에서 인구 문제와 관련 있는 활동을 하는 사람과 인구 억제를 위해서는 우선 집을 개선하는 문제부터 해결하지 않으면 안 된다는 이야기를 나눈 적이 있었다. 비좁고 칸막이도 없는 집에 사는 부부는 아이들의 눈앞에서 부부 관계를 하지 않을 수 없다. 벽 또한 소리가 훤히 다 들리는 재질로 만들어진 판잣집에 살고 있기 때문에 아이들은 그 집의 내부 상태도 간단히 보고 들을 수가 있다. 그렇기 때문에 아이들은 어렸을 때부터 일찍 성에 눈을 뜬다. 가난한 현실 속에서 자아를 용인함은 어쩌면 성행위를 통해서밖에는 할 수 없지 않을까.

가끔 듣는 말이지만 '텔레비전을 보급시키면 인구가 줄어든다'는 말이 있다. 사실인지 아닌지 그 결과를 나는 모른다. 그러나 가난한 사람들이 섹스 이외에는 즐거움이 없다는 사실은 분명하리라.

또 하나의 즐거움은 술이다. 남미에서는 어디를 가도 진 계통의 싸고 독한 술이 있다. 취기가 머리까지 오르는 듯한 값싼 가짜 포도주도 있다고 들었다. 포도주라기보다 알콜 속에 포도 주스를 약간 집어넣은 듯한 술은 1리터에 150엔이라고 들었던 것 같다. 그 술을 아침부터 마시는 사람도 있다.

생각해보면 이 가난한 삶을 술과 섹스 없이 어떻게 살아갈 수 있을까 싶기도 하다. 최대의 문제는 미래에 대한 희망과 목표가 없다는 것이다. 대다수의 부부들은 교육을 받지 못한 탓에 미래상을 그릴 수 없다는 현실을 앞에서도 언급했다. 우리들은 책을 읽기 때문에 인생에 꿈을 그릴 수 있다. 과학자나 스포츠 선수의 생애에 감동하여 나 자신도 그러한 인생을 살고 싶어한다. 혹은 소설이나 시를 써보고 싶기도 하다. 그러나 이웃, 아니면 같은 빈민가에 사는 사람, 그리고 친척 외에는 모른다면 자신이 미지의 세계로 첫발을 내딛는 모습은 결코 그려지지 않는다.

게다가 아이들 또한 교육을 받지 못하고 있다. 멀어서 학교에 다닐 수 없는 경우도 많다. 교복이나 문구 용품을 살 돈이 없다. 병이나 장애가 있는 사람도 있다. 아이들에게도 일을 시키지 않으면 가족이 먹고 살 수 없다. 교육 받은 사람이 주위에 별로 없기 때문에 교육을 받으면 어떤 이점이 있는지 잘 알지 못한다. 교육을 방해하는 이유는 얼마든지 있다.

요컨대 어떤 시점에서 보더라도 희망 없는 사람들이 분명 존재한다. 고용 가능성도 없다. 국가 자체도 빈곤하기 때문에 복지 혜택의 가망도 없다. 그렇기 때문에 하루하루가 고달프다. 술을 마시고 섹스를 하고. 이것이 나쁘다고 하는 자에게 물어보고 싶다. 당신이라면 그러한 상황 속에서 무엇을 하겠느냐고.

일생에 단 하나뿐인 액세서리

내가 여행을 떠나기 전 마음씨 고운 친구가 어떻게 알았는지 생각
지도 않은 선물을 주었다. 친구는 칠보 공예 솜씨가 뛰어나 벌써 몇
십 년 동안 브로치 등 액세서리를 만들고 있는데, 자신이 그린 그림
이나 색 배합이 다소 마음에 들지 않거나 해서 팔 마음이 없는 브로
치 수십 개를 괜찮으면 선물로 사용하라며 주었다.

빈민가를 방문했을 때 나는 그 브로치를 감사의 인사로 한 개씩
주었다. 그러자 많은 가난한 아이들과 생활에 지칠 대로 지쳐 보이는
여성들의 얼굴에 순간 일제히 환한 빛이 감돌았다. 너무나 기쁜 나머
지 한결같이 그들은 나를 포옹했고 내 볼에 몇 번씩이나 키스를 했
다. 생각해보면 결혼해서 아이를 낳기 시작한 후 그녀들은 단 한 번
도 액세서리 같은 것을 직접 사본 적도 없을 뿐더러 남편에게 선물받
은 적도 없으리라. 어쩌면 이것이 일생에 단 하나 유일한 액세서리가
될는지도 모른다.

일본에서는 이 브로치를 선사해도 아마 이만큼 기뻐하는 사람은
없으리라. 입으로는 '어머, 멋있어!' 라고 하면서도, 내심 '좀더 작았
더라면 좋았을 텐데' 라든지 '나는 푸른 계열 색상밖에는 안 어울리

는데' 하며 트집을 잡을지도 모르는 일이다. 역시 행복을 느끼는 기능을 상실하고 말았다.

맨 밑바닥 삶의 최고의 안정

빈민가에서는 사람들이 개를 많이 기르고 있어 나를 놀라게 했다. 사람들 먹을 것조차 넉넉하지 않은 가정에서도 어미 개와 뒤뚱뒤뚱 걷는 강아지 서너 마리 정도는 기르고 있었다. 개밥은 어떻게 조달할까 하는 걱정이 앞섰다. 어미 개는 갈비뼈가 보일 정도로 마르고 유방을 축 늘어뜨리고 있었는데 강아지들은 적당히 살집이 붙었기 때문이었다.

개들과 가난한 일가의 개 주인을 바라보고 있는 동안 문득 개 기르는 이유를 알 수 있었다. 아이들에게 장난감도 그림책도 사줄 수 없는 사람들이다. 무엇보다도 그림책이 있어도 아버지나 어머니가 글을 모르기 때문에 읽어줄 수 없다.

아이들은 아침부터 저녁까지 땅바닥에 앉아 개와 놀고 있다. 강아지도 놀아줄 상대가 있어 만족한다. 아이들은 학교에 가지 않으면 안 된다는 강박관념 또한 없기 때문에 진정으로 하고 싶은 것을 하고 있다는 느낌이었다. 그럴 때 강아지는 매우 훌륭한 움직이는 장난감인 셈이다. 게다가 추울 때에는 난방 효과까지 겸할 수 있으니까. 강아지를 안고 자면 외풍이 들어오는 판잣집이라도 탕파를 넣어둔 듯 따뜻하게 잘 수 있다.

개는 취미로 기르는 게 아닌 필수품이다. 사료 따위 특별히 챙겨주지 않아도 개는 스스로 알아서 어딘가에서 최소한의 먹이를 찾아오기에 그것으로 족하다. 개에게는 인간 이상의 기지가 있다. 어미개는 아주 적은 양밖에 먹지 않아도 모성 본능으로 무리해서 젖을 내기 때문에 강아지는 보통 쑥쑥 잘 자란다. 그리고 인간과 개의 분명한 공조는 개나 인간이나 어떻게 해서든지 살아가는 길을 터득했다는 점이리라.

이러한 공존의 관계를 누가 생각해냈을까. 물론 개는 목줄도 매지 않고, 광견병 예방 주사도 맞지 않는다. 그러나 주인의 판잣집 앞 양지에서 인간 가족들과 마찬가지로 유유한 시간의 흐름에 몸을 맡기며 살아가고 있다. 그런 단란한 일가는 개에게도 최고의 안정임에 틀림없다.

인간의 식사, 동물의 식사

세상 사람들은 무엇을 먹고 있는가

세상 사람들이 대체 무엇을 먹고 있는가 하는 것은 내겐 무척 흥미진진한 문제이지만 그 이유는 내가 틀림없는 일본인이기 때문이리라.

단지 아침 식사만 봐도 나는 참으로 다양한 음식들을 먹고 있다. 메뉴는 검소하지만 내게는 더할 나위 없는 과분한 식사이다.

지방에서 아는 사람이 보내준 쑥떡에 맛있는 '참깨 콩고물'을 찍어 먹는 날도 있다. 토스트에 고급 햄 한 조각과 정원에서 막 따온 양상추를 곁들인다. 죽 반찬으로는 조림 등 백 엔 숍에서 사온 밀폐 용기에 넣어둔 것이 여남은 종류는 된다. 남편이 구워준 핫 케이크는 버터와 메이플 시럽을 듬뿍 발라주지 않으면 맛이 없다. 생계란을 비빈 밥은 요리라고는 할 수 없지만 일본인만이 맛보는 행복으로 적당한 양의 간장을 넣는 순간 주의를 집중하지 않으면 맛을 조절할 수 없다.

어젯밤 밥솥에 약간 눌러 붙은 누룽지에 뜨거운 물을 부어 만든

눌은밥은 그것이야말로 요리하는 즐거움의 하나다. 거창한 뜻이 없는 나는 아침에 일어나면 남은 밥을 어떻게 '처리' 할지 즐거운 마음으로 잠자리에서 일어난다. 나 같은 사람들이 많으므로 다른 가정은 무엇을 먹고 있는지를 엿보기 위해 잡지사들도 '금주의 메뉴' 따위의 코너를 만들어 유명인의 식생활을 엿본다.

그러한 기사란에 예전에 북유럽으로 기억하고 있지만의 어떤 여성 작가가 등장했었다. 그 사람의 일주일 간 메뉴를 보고 우리들은 깜짝 놀랐다. 요컨대 그 사람은 날마다 아침, 저녁 같은 음식을 먹고 있었기 때문이다. 일본식으로 말하면, 야채와 고기를 푹 삶은 스튜 종류뿐이었다.

오랫동안 일본에 거주하고 있는 지인인 미국인 신부도 마찬가지의 생활이었다. 이 신부의 경우는 검소한 생활이 목적이겠지만 고기 덩어리에 감자, 당근, 양파를 함께 넣어 삶는다. 때로는 양배추도 넣는다. 몇 번을 먹고 냄비 안의 내용물이 줄어들면 거기에 또다시 재료인 양배추나 감자, 가끔 고기를 집어넣는다. 이를테면 일본의 오뎅 같은 원리라 생각하면 되겠지만 매일 똑같은 이런 단조로운 음식에 아마 우리 같으면 질려버릴 거다. 오뎅 가게는 날마다 똑같은 오뎅을 만들겠지만, 먹는 손님 쪽은 날마다 절대로 똑같은 오뎅을 먹을 리 만무하다.

매일매일 똑같은 음식을 먹는 괴로움

그러나 세계적으로 보면 매일매일 다른 음식을 먹지 않으면 비참하다는 생각이 드는 쪽이 이상하지 않을까. 매일매일 다른 음식 재료를 구해 먹는다 함은 기본적으로는 어민의 사고라 할 수 있다. 생선을 잡으러 바다에 나가도 매일 똑같은 생선은 절대 잡을 수 없다. 요즘은 오징어잡이 어선은 오징어만 잡지만 옛날에는 생선을 잡으러 나갔는데 문어가 걸려들었다는 그런 식이었으리라. 그러므로 뭐든지 잡은 물건을 먹는 게 바닷가 어촌 마을의 생활이었다. 그러면 필연적으로 매일매일 먹는 음식이 다르다.

그러나 대체로 농경 민족과 수렵 민족은 날마다 같은 음식을 먹는다. 수렵으로 얻은 육류는 해안가의 생선만큼 종류가 다양하지 않다. 그리고 곡물도 같은 지역에서는 거의 정해진 곡물밖에는 수확할 수 없다.

가난한 사람들의 단조로운 음식 재료는 많은 지역에서 나를 놀라게 했다. 내 취재 노트에 그 지역 음식에 대해 별로 기재되어 있지 않은 이유는 외국인용 레스토랑은 제쳐두고라도 그 지역 사람들은 말하자면 '매일매일 똑같이 맛없는 메밀장떡을 먹는다든지 매일매일 작은 새들의 모이 같은 것을 먹는다'고 느낀 적이 많았기에 아무래도 메모해두고자 하는 의욕을 상실했다.

물론 재료는 지역에 따라 피 종류, 옥수수 가루, 쌀, 만조카 감자 등 여러 가지이다. 그러나 그것들을 찌거나 빵으로 만들거나 밥으로 지은 주식에 약간의 기름과 야채 페이스트만을 넣은 소스를 찍거나 발라서 하루에 두 번 식사 때마다 똑같은 것을 먹는 경우가 많다. 그 소스가 그날의 수입이 많고 적음에 따라 풍부하고 색다르든지 아니면 마찬가지로 변변치 못하든지 둘 중의 하나다.

그런 음식으로 몇 백 년이나 죽지 않고 살아왔으므로 영양상으로도 결정적인 문제는 없을 테지만, 똑같은 인간의 식사라는 개념에서 이 정도로 큰 차이가 있다는 사실에 나는 아연실색하지 않을 수 없었다.

매일 똑같은 음식을 먹는 것은 괴로운 일이다. 나뿐만 아니라 대부분의 일본인들도 아마 같은 느낌이리라.

식사의 3단계 정경

세계적으로 인간의 식사에는 3단계가 있는 듯하다.

우선 첫 번째로 먹이의 단계. 요컨대 공복을 느끼지 않으면 그만인 단계다. 잡곡 떡이나 빵 같은 것에 소스를 찍어 먹을 때에는 모두 한 접시에서 오른손만으로 뜯어 먹거나, 끌어모으거나 하면서 능숙하게 먹는다. 왼손은 더럽다고 생각하기 때문에 사용하지 말라고들

164

하지만 나는 양손을 사용하지 않고서 잘 먹을 수 있었던 적이 없다. 그러면서도 큰 접시에 먼지가 들어가거나 파리가 꾀지만 그런 것에 관계없이 땅바닥이나 병원 복도 등 아무 곳에나 그냥 놔둔다.

종종 이러한 식사 형태에서는 남자들이 먼저 먹는다. 남은 것을 여자와 아이들이 먹는다. 그러나 어린아이는 먹는 게 느리다. 아이 엄마는 자신도 배가 고프므로 먹는 데 필사적이며 아이가 어느 정도 먹었는지 양에는 신경 쓰지 않는다. 접시가 빌 때 어른이든 아이든 식사가 끝이 나는 법이다. 그래서 언제부터인지 아이는 식사량 부족으로 영양 부족이 되었다. 선진국 의사가 그러한 점을 주의시켜도 아이 엄마는 "식사는 챙겨주고 있습니다."라고 한다. 의사가 "아이에게는 별도의 그릇에 필요한 양을 담아주어 천천히 먹게 하세요."라고 해도 "그렇다면 접시를 주세요."라고 한다. 약 2~3엔이면 살 수 있는 플라스틱 접시조차 살 돈이 없다.

제2단계는 제대로 된 식사 단계이다. 종전 후 패전 국민인 일본인은 미군의 식사를 보고 대단한 성찬이라 생각하곤 했다. 지금 생각해 보면 대수로운 것도 아닌데 말이다. 값싼 고기 부위를 삶은 일종의 육류 요리에 으깬 감자, 거기에 데친 옥수수와 당근과 그린피스, 소위 '3종 혼합 야채'만을 넣어 만든 음식이었다. 그렇지만 한창 소녀였던 그 시절 내 눈에는 대단한 성찬처럼 보였다

이러한 미국식 식사는 문명 세계의 하나의 표준을 계속 유지해가고 있다고 봐도 좋을 것이다. 지구상의 모든 국민에게 이 정도의 영양을 제공한다면 결핵도 줄고 한센병도 종식되고 지능도 올라갈 거라고 한다. 그러나 한편으로 미국인의 식사가 인간다운 식사라고 말할 수 있겠는가 하는 의문을 갖는 사람들도 상당히 있다.

하와이 와이키키에는 한두 번 갔을 뿐이지만 한 번은 내가 묵은 호텔 방 테라스에서 아래쪽 레스토랑과 커피숍을 바라보며 재미있는 광경을 목격했던 경험이 있다. 어린 누나와 남동생이 밤낮으로 똑같은 햄버거를 먹고 있었다. 아무리 저렴한 단체 관광 여행이라지만 어쨌든 하와이까지 가족 동반으로 여행 올 수 있을 만한 정도면 경제사정이 괜찮은 가정이다. 그럼에도 불구하고 아이들끼리 매끼를 햄버거로 때우는 식사에 저항감을 느끼지 못하다니.

그런 커피숍에서 커피를 마시면 무늬 없는 밋밋한 도기에 호텔 이름만 새겨진 컵이 나온다. 일본인이라면 백자가 아닌 단지 하얗고 두꺼운 컵을 사용하는 곳은 '병원이거나 형무소, 혹은 군대거나 수도원이거나' 그런 느낌을 받는다. 그렇지만 이런 표현도 정확하지 못하다. 왜냐하면 요즘은 병원도 무늬 있는 식기를 사용하고 있으며 형무소의 식기는 우리 시민들은 통상 본 적이 없고 군대도 아마 그 주변 회사 식당 같은 수준이리라 생각되며 수도원은 지극히 보통의 가정

식기를 사용하고 있기 때문이다.

식사 내용은 물론이고 그것을 보기 좋게 담아내는 데까지 어느 정도 의식하느냐의 단계가 되면, 식사는 비로소 문화로서의 형태를 취하게 되며 제3단계에 도달한다. 즉 요리의 변화를 그릇이 받아들이게끔 된다. 그리고 그것을 더욱 발전시키면 그 그릇에 걸 맞는 가구와 세간, 방의 장식, 집 자체, 정원의 전망, 주변의 자연 풍경까지 하나의 미학으로 어우러지게 된다. 때론 음악이나 향기, 비 갠 뒤의 눅눅한 풍취까지도 계산된다.

인간의 식사, 동물의 식사

사람 몇 명이서 커다란 접시 하나에 손을 집어넣어가며 먹는 모습은 개나 고양이가 먹이를 먹는 모습과 흡사하다. 그러나 우리들은 본래 그런 동물적 생활에서 출발했음을 잊어서는 안 된다.

처음부터 조리한 음식을 먹는다는 자체가 일종의 사치이다. 가뭄이 든 해의 에티오피아에서는 NATO군이 식량 봉투를 공중에서 투하했다. 에티오피아의 대지는 깊은 계곡이 많으며 지형이 사실 깊숙이 들어가 있다. 대지는 가끔 수백 미터나 되는 계곡에 잠겼다가는 다시 융기하기 때문에 우리들은 다음 대지로 갈 때까지 깊은 계곡을 내려왔다가 다시 올라가야만 했다. 물론 좁은 길은 포장도 되어 있지 않다. 내가 이용한 교통 수단은 노새였다. 그런 지역이므로 원조 식량은 육로로는 운반할 수 없다. 때문에 공군기에 의한 공중 투하라는 수단을 강구하게 되었다.

폭음이 가까워지자 지금껏 그다지 인기척도 없던 대지에 많은 사람들이 몰려들었다. 초저공 비행으로 온 비행기는 곡물 봉투 수십 개를 떨어뜨린다. 그것을 NATO군이 고용한 사람이 일단 나른다. 봉투의 4할 정도는 찢어진 듯했고 거기에서 흘러나온 곡물이 땅바닥에 흩어져 있다. 어찌된 일이냐며 나는 포장 불량에 화를 냈고 주위 사람들은 숨을 죽이며 그것을 지켜보고 있었다.

그리고 공적인 회수 작업이 끝나자 누군가가 허가의 신호를 보냈을 리도 없다고 생각하는데, 갑자기 대지가 지축을 흔들었다. 주위에서 이 공수 작전을 지켜보던 수백, 수천 명의 사람들이 일제히 찢어진 봉투에서 흘러나온 곡물이 흩어져 있는 지점을 향해 달리기 시작했다.

사람들이 짐승처럼 달린다. 모래 먼지가 주위에 자욱하다. 사람들은 땅바닥에 쭈그리고 앉아서 손으로 곡물을 흙 채 줍는다. 한꺼번에 몰아 떨어져 있는 곳은 효율이 좋으므로 그런 곳을 에워싸고 여자들이 서로 치고받고 싸우기 시작한다.

몇 십 분 후에 싸움 소동은 가라앉는다. 많은 사람들은 다 가버렸다. 그래도 여전히 흙 속에 박힌 곡물 낱알이 많이 떨어져 있다. 굶주린 사람들은 게으른 사람들이라는 생각이 든다. 나라면 그 곳에 계속 더 남아 한 톨씩 끝까지 주울 것이다. 그렇게 모아도 상당한 양이 될 것이다.

굶주린 사람들은 곡물 생 알갱이를 그대로 입에 넣는다. 성서에도 안식일에 굶주린 예수 제자들이 보리 이삭을 뜯어먹었다는 일화가 있다. 옛날 수천 년 전부터 배고픈 사람들은 모두가 먹을 수 있는 것은 조리도 하지 않고 그대로 입에 넣었다. 에티오피아에서는 이미 체력이 바닥나 땅바닥에 주저앉은 남자가 주변에 자란 풀을 뜯어먹고 있었다. 영락없이 동물과 마찬가지다. 바로 그 옆에서 나는 굶주림도 모른 채 단지 물끄러미 그를 바라보고만 있었다. 나는 아무것도 할 수 없었고 또 아무것도 하지 않았다. 이렇게 무자비할 수는 없다고 생각하면서 그냥 조용히 그의 행동을 지켜보고 있었다.

내가 그보다 잘나서 '인간'의 품위를 유지하고, 그는 '동물'이 된 게 아니다. 다만 우연히 나는 일본에서 태어났고 그는 에티오피아에서 태어났다는 그 이유 하나 때문이다.

사람에게 친절한 자연은 없다

최근 자연에 흠뻑 빠진 일본인의 두터운 신앙을 접하면 나는 뭐라고 응대해야 좋을지 몰라 난처한 경우가 종종 있다. 바로 얼마 전에도 나는 신문 투고란에서 '아무튼 자연은 아무것도 손대지 않고 그대로 놔두는 것이 상책이다'라는 의미의 투고를 읽었다.

사실은 나도 자연 애호가다. 툭하면 금방 도시를 떠난다. 게다가 나는 그것이 대단히 호사스러운 일임을 잘 알고 있다. 자연의 혜택만 받고 그 공격적인 부분은 받지 않으려 하며 살고 있기 때문이다.

나는 사교가 가장 서투르다. 파티에는 거의 나가지 않는다. 아직 성격을 잘 모르는 대다수의 상대방과 마음의 본질에 접근한 대화가 불가능하다고 믿고 있기 때문이다. 그래서 곧장 바닷가 집으로 도망치듯 떠나가버린다. 옛날에는 이 곳에서 부지런히 밭일을 했다. 지금은 솔직히 그럴 만한 시간이 거의 없다. 그러나 날마다 단 몇 분씩이든 몇 번은 정원에 나가 바다를 바라본다. 사가미 만相模灣은 저녁 노을의 화려한 아름다움으로 유명한 곳인데 하루도 똑같은 석양을 볼 수 없다는 점에 경탄한다. 거의 신앙에 가까울 정도로 감동적이다.

그러나 나는 다른 일본인들처럼 본디부터 자연 애호가라고는 할 수 없다. 왜냐하면 보통 때는 도시 생활을 하고 있기 때문이다. 도시가 얼마나 멋진 곳인가에 대해 『도시의 행복』이라는 책을 쓰고 있을 정도이다. 그 이유의 첫 번째로 도시에는 수많은 사람들이 있기 때문에 약간 자신 있는 부분이 있더라도 잘난 체할 틈이 좀처럼 없다는 점이다. 요컨대 '이 일에 있어서는 내가 최고'라는 식이 성립되지 않는다. 절대로 망각해서는 안 되는 겸허함을 가질 수 있으며 그것은 대단히 중요한 삶의 요소이다.

두 번째로 도시에서는 어떤 삶을 살든지 남이 왈가왈부하지 않는 장점이 있다. 시댁에서 아들 며느리의 생활 방식을 비난한다든가 동네 부녀회가 마음대로 정한 날 모임에 나오지 않았다고 험담을 듣는다든지 하는 공포 정치가 없다. 도시에서는 사람들 모두 자신의 생활 템포를 가지고 있으며 그것이 가지각색이라는 점을 대부분 인정하고 있기 때문이리라.

물론 내가 바닷가 집으로 도망가는 것도 말하자면 자연 회귀의 표현이다. 도시는 기하학적 선에 의해 만들어진 세계이다. 빌딩의 윤곽도 창틀도 사람들이 사용하는 도구도 모두 인공적인 선으로 단정하게 그리고 다소 비인간적으로 만들어져 재질도 자연 그대로가 아닌

것들이 많다. 마디가 없는 순수한 나무판처럼 보여도 알고 보면 합판이고 대리석 같아도 실은 가짜다. 다른 재질들도 금속이거나 인공 가죽이다.

자연을 위협으로 느끼지 않는 사람들

내가 어렸을 적 살았던 일본식 집은 기와와 나무, 흙벽과 대나무, 종이 등으로 만들어졌다. 다다미 표면도 골풀로 만들었다. 물받이만이 구리였는데 서구인들이 본다면 '원시인의 집'이었으리라. 여름이 되면 물론 냉방 시설이 없던 때라 시원하게 하기 위해 장지문을 갈대 발을 친 문으로 바꿔 통풍이 잘 되게 하였다. 때문에 통풍은 좋아질지 모르겠지만 확실한 차이를 느낄 정도로 시원해지지는 않았다. 게다가 방안은 다소 어둠침침해졌으며 방안의 모습을 마음껏 엿볼 수 있었다. 다시 말해 프라이버시 따위란 기대하기 힘들었다.

다만 그 당시 도시의 공기는 지금보단 분명 시원했었다. 자기 집 안만 시원하게 하고 바깥으로 뜨거운 공기를 방출하는 염치없는 에어컨 시스템이 없었기 때문이다. 이러한 '자연파' 집은 환기는 정말 잘 되었지만 덕분에 추위 또한 천하일품이었다.

그와 같은 천연 재료로 지은 집은 어딘지 의식의 밑바닥이 자연과 연결되어 있는 듯한 느낌이다. 물론 나무와 흙벽과 종이로 만들어진 집이라 역시 자연에는 저항하기 마련이므로 때때로 지붕에서 비가 새는 일은 있었지만, 나는 다행히 생애 단 한 번도 비에 젖은 채 잠든 적은 없다. 여하튼 이 정도의 집이라면 자연의 배려가 싫다고 할 정도로 자연이 집 속으로 깊숙이 파고든다.

오늘날 선진국에 살고 있는 사람들은 자연을 위협이라 느낀 적이 거의 없다. 물론 미국에는 허리케인이나 회오리바람도 있고 네팔에는 눈사태도 나고 지진도 각지에서 일어나지만, 그래도 그러한 지역에서 주민 모두가 떠나가는 일은 없다. 내진 건축은 상당한 진도에도 견딜 수 있고 추운 지역에서는 집이 냉기로부터 사람들을 지켜준다는 믿음이 있다. 그래서 내친 김에 숲도 '사람에게 친절한' 법이라 믿고 있다.

사람에게 친절한 자연이란 없다

'사람에게 친절한'이란 말을 들으면 약간 오싹한 기분이 든다. '사람에게 친절한'이라는 말에서 내가 연상하는 것은 '엘리베이터' 혹은 '말기 암 환자에게 사용되는 미묘하게 양을 조절한 마약' 정도이다.

숲이나 사막 등은 사실 사람에게 친절한 존재가 아니다. 둘 다 요물처럼 기분 나쁘고 언제나 날카로운 엄니를 드러내지 않고 있을 뿐이다. 사람이 다니는 길도 짐승이 다니는 길도 없는 곳을 헤매다보면 방향을 알 수 없게 된다. 숲은 태양을 가릴 것이고, 사막은 한 번 바람이 불면 방금 전 자신이 지나왔던 발자국도 지워버리기 때문에 방향을 바꿀 수도 없다. 즉 되돌아갈 수 없게 된다.

우리에게는 완전히 잊혀진 야수의 위험은 여전히 남아 있다. 예전에 아프리카 말라위나 모잠비크 내전에서 탈출한 사람들이 한 손엔 아이들의 손을 잡고 머리에는 얼마 되지 않는 가재 도구를 이고, 어디로든 안전하다고 생각되는 방향으로 도망쳤다. 선진국에도 가끔 '잭나이프를 든' 정신 이상의 위험 인물이 나타나지만, 아프리카에서는 정부군이나 반정부 조직 양쪽 모두 마찬가지로 적대하는 부족이나 입장에 처한 사람을 불을 붙여 태워 죽이거나 트랙터로 치어 죽이거나 갈기갈기 찢어 죽이거나 했다. 잔인한 행위는 쌍방 모두 같았다고 한다.

두려움에 부들부들 떨기만 했던 무력한 사람들은 자신이 살던 마을에서 도망쳐 나와 며칠이고 계속해서 걸었다. 이것이 소위 말하는 난민의 발생이다. '난민'의 정의는 외부적 힘에 의해 자신들이 원래 살고 있던 곳에서 이동할 수밖에 없었던 사람들을 말한다.

그들은 나침반이 있을 리가 없고 지도를 가지고 있을 리 만무했다. 아무튼 어느 쪽이라도 좋으니 단 한 발짝이라도 살육의 장소에서

멀어지기만 하면 된다는 일념으로 계속해서 걸었다. 그리고 그들 중 일부는 아프리카 각지에 있는 야생 동물 보호 구역으로 자신도 모르는 사이에 들어가버리고 만다. 야생 동물 보호 구역이란 때론 동서남북으로 수십 킬로미터, 혹은 수백 킬로미터에 달할 정도로 광대하다.

그 곳에서 그들은 사자에게 잡아먹히고 만다. 인간의 잔학을 피하자 이번에는 야생 동물에게 잡아먹힌다. 자연을 보호하면 인간이 그 자연의 구조나 거기에서 살고 있는 야수의 먹이가 되는 게 당연한 결과이다. 운동 기능만으로 여러 동물을 비교해보면 인간만큼 무능한 존재는 없다. 인간은 도약할 힘도 없고 달리는 속도도 느리고 손톱이나 치아에도 공격에 사용할 수 있는 강력한 힘이 없다. 인간은 땅속 깊이 숨는 것도 물속에서 쓱쓱 헤엄치는 것도 나무에 올라가 이 가지에서 저 가지로 이동하는 것도 불가능하다. 그런 면에서 인간은 영양이나 얼룩말보다도, 곰이나 악어보다도, 개미나 수달이나 원숭이보다도 열등한 존재다.

사막도 무섭지만 숲도 얼마나 무서운 곳인지 현대 도시인들은 상상도 할 수 없다. 그 곳은 일단 헤매기 시작하면 쉽사리 빠져나올 수 없고 산거머리나 뱀이 숨어 있는 경우도 많다. 열대 우림에서는 인간이 생존하기 어려울 정도로 모기들이 괴롭힌다. 야생이 주가 되는 공간은 인간을 습격하는 짐승이나 벌레 종류가 많은 곳이다.

'댐은 필요없다'고 하는 말

자연에 전혀 손을 대지 않는 상태의 인간 생활도 비참하다. 강은 범람하는 게 정상이고 댐이 없으면 전력도 물도 부족하다. 우리들이 세계적으로도 드문, 정전을 거의 경험한 적이 없는 은혜를 입고 있는 것은 다름 아닌 수력이나 원자력 발전소 덕분이다. 좀처럼 홍수의 재난를 당하는 일도 없음은 일본인이 치수治水를 나라의 생명을 지키는 일로 알고 옛날부터 대비해왔기 때문이다.

댐이나 원자력 발전소도 없이 물과 전력을 확보하라고 한들 불가능한 일이다. '이제 댐은 필요 없다'고 하는 말은 근사하게 들리지만 그 경우라도 그렇게 말하는 사람들은 이미 완성된 댐으로부터 직·간접적으로 전기의 혜택을 받고 있어 그렇게 말할 따름이다.

자신은 도시에 살면서 바로 가까이에 숲이 있고, 거기에 내가 아닌 사람들이 살고 있는 상태가 가장 바람직하다고 보는 분위기다. 도시에 사는 사람은 에어컨이 작동하는 방에서 텔레비전을 보고 따뜻한 물로 목욕을 한다. 그러나 숲에 남아 있는 사람들은 모기투성이의 땅에서 떨어질듯 총총한 별빛 밤하늘 아래서 원시의 소리를 듣고 있다. 그래도 괜찮을까. 그것이 괜찮단 말인가. 나는 쉽사리 대답을 할 수가 없다.

거목 아래 어르신들과 민주주의

민주주의란 모든 것에 통용되는 절대적인 것인가

예로부터 인간 사회는 권위로부터 이루어졌다. 인간이 몇 명씩 모여 살게 되면 자연스레 지도자가 생겨났다. 사자나 원숭이 그 외의 다른 동물들을 보더라도 무리를 짓는 습성을 지닌 동물은 반드시 지도자가 생겨나게 마련인 듯하다.

최근 일본인들은 집단의 우두머리를 두는 것을 매우 꺼려하게 되었다. 히틀러 같은 독재자는 누가 보더라도 비인간적 정치 체제를 만들어 인간을 말살했다. 러시아인들은 황실 사람들을 참살하여 새로운 국가 체제를 만들었다. 영국인들은 다이애나 황태자비는 좋아했던 것 같으나 왕실에 주는 점수는 인색했다. 영국 왕실이 문화의 전통을 지키는 점에 있어서나 외교상으로도 대활약을 해왔음에도 불구하고 종종 '낭비가 심한 사람' 취급을 당했다.

'독재자' 라는 관념을 일본인들은 철저하게 증오한다. 그러나 다른 한편으론 지도력의 결여는 나쁘다는 개념도 동시에 가지고 있다. 그러나 이 두 가지 성향은 서로 양립할 수 없는 요소를 지닌다. 지도

력이란 많든 적든 독재적인 요소를 띠게 마련인데, 그 사실을 인정하고 싶지 않은 것이다.

대개 막강한 조직을 지닌 단체는 순수한 민주주의만으로는 해나갈 수 없다. 교회, 군대, 예술을 전하는 모든 조직·단체는 본질적으로는 민주주의가 파고들 여지가 없다. 물론 사람이 조직을 만들고 그 사람들은 본업 외에 놀기도 하며 생활도 한다. 그러한 면에서는 누구나가 평등의 즐거움이나 혜택을 받음이 당연하지만, 가령 꽃꽂이 종가에서는 바로 어제 입문한 신인은 역시 맨 먼저 인사하는 법이라든지 수제자의 지시에 따르는 법이라든지 꽃꽂이실 청소나 정리하는 법부터 배우게 된다. 사회는 민주주의가 아니면 안 된다는 이유로 첫날부터 꽃꽂이를 하게 해달라고 조를 수는 없는 노릇이다.

세계의 대부분이 민주주의 제도를 시행하고 있지는 않다는 사실을 이미 일부 언급했으나 일본 지식인들 중에서도 "세계는 한 치의 의심 없이 민주화 방향으로 움직이고 있으며, 아니 그렇게 움직여야 한다."고 신봉하는 사람이 있다.

기다림 외에는 해결법이 없다

아프리카에서 알고 지내는 수녀의 안내로 이웃 마을에 사는 기독교 신자인 농부 존의 집을 방문하게 되었다. 도로 사정은 좋다고는 할 수 없었지만 수녀의 작은 사륜 구동차로 갈 수 있을 정도의 험로라 문제는 없었다. 그렇다고 우리들이 곧바로 길을 달려나갈 수는 없었다. 이 마을의 변두리에는 약간 기울어진 가건물 같은 '검문소'가 있는데 그 곳에 경찰이 있다. 거기에서 이웃 마을의 존을 방문하기 위해 간다는 일종의 증명서를 받아 출발하지 않으면 안 된다.

그런데 경찰이 있어야 할 검문소에 종종 경찰이 없다. 이것은 세계 어디서나 흔히 볼 수 있는 광경이다. 근무 중이라도 아는 사람의 모처에서 수다를 떨고 있거나 근처 커다란 나무 아래 시원한 그늘에서 낮잠에 취해 있거나 내 친구의 짐작으로는 아마 어딘가에서 편하고 느긋하게 오래도록 대변을 보고 있음에 틀림없다는 거였다.

우리들은 마냥 거기에서 기다린다. 10분이 될지 30분이 될지 두 시간이 될지 아무도 모르지만 어쨌든 무작정 기다린다. 사람들에게 물어본들 경찰이 어디 갔는지 아는 사람은 없다. 조리 있게 이유를 설명하는 일이란 아프리카 사회에서는 극히 이례적이다. 게다가 인생사의 대부분은 결국 기다리는 수밖에 해결법이 없다. 그러자 경찰이 드디어 어딘가에서 서서히 모습을 드러냈다.

그는 다리가 흔들거리는 먼지투성이의 책상에서 '연필에다 침을 발라가며' 우리들이 이웃 마을로 가기 위해 증명서가 될 종이 쪽지를 만든다. 글자를 쓸 수 있는 것만으로도 상당히 의기양양할 만한 일이므로 과시하기라도 하듯 천천히 쓴다. 그것으로 출발 준비가 겨우 갖춰지는데 여기까지만도 족히 두 시간 가까이 걸리는 일도 허다하다. 이야기가 삼천포로 빠지지만, 정말이지 세계의 공무원들은 실로 '인간적'이다. 중미 국경의 시골 마을에서는 지극히 인상적인 입국 수속을 해줄 뿐인데도 한가한 듯한 담당관은 느닷없이 우리들에게 "맥주 값은 주는 거야?"라고 했다. 마치 맥주를 마시지 않으면 서류를 읽을 수 없다는 말투였다.

동유럽에서는 다리 위에 주둔하고 있던 군대가 우리 차를 세웠다.

"문제가 좀 있습니다."

그의 말을 듣고 순간 우리들은 긴장했다. 그러자 그는 작은 목소리로,

"문제는… 우리에게 담배가 떨어졌다는 겁니다. 당신들 담배 갖고 있습니까?"

라는 말이었다. 요컨대 그는 담배를 졸라댔다. 이것저것 모두 공무원의 급여 수준이 낮아 생활할 수 없을 만큼 가난하기 때문이므로 나는 화를 낼 생각조차 들지 않았다.

어떤 마을의 의식

아무튼 이웃 마을에 도착했다. 수녀는 존의 집이 어디에 있는지

잘 알고 있었다. 그러므로 곧장 그의 집으로 향하면 그만이다. 그러나 아프리카에서는 그렇지가 않다. 우리들은 우선 마을 중심에 있는 광장 같은 곳으로 향했다. 큰 나무가 우거져 서늘한 바람이 불어오고 닭이 여기저기 돌아다니며 어딘가에서 산양, 당나귀, 아기 울음소리 등이 들려오는 광장이다. 거기에 촌장이나 다른 마을의 어르신들이 앉아 있는 경우도 많다. 의자는 원시적인 것이지만 수제품으로 수집가라면 민예품으로써 상당한 가격을 부를 수 있을지도 모르겠다.

우리는 그 곳에서 마을의 '촌장'에게 "이 영지 내에 있는 존의 집으로 가겠습니다." 하고 인사를 한다. "아, 그런가. 잘 왔네!" 하며 희끗희끗한 수염 사이로 미소가 보이면 우리는 거기서 마을 안 출입 허가를 받는 셈이다. 개중에는 의식 같은 절차를 행하는 습관이 있는 곳도 있어 나를 놀라게 했다.

촌장 부인이라 소개된 사람이 일종의 독특한 무당 같은 말투로 수녀에게 무언가를 물었다. 그러자 수녀가 독특한 어조로 "네" 하고 대답한다. 나는 작은 목소리로 "뭐라고 합니까?" 하고 물었다. 그러자 인사로써 의례적, 의식적 문답을 행하는 것이 관습이라 한다. 예를 들어

"당신 아버지와 어머니는 안녕하십니까?"

이런 식의 질문을 촌장 부인이 하는 것 같다.

"네."

하고 방문객이 대답한다.

"당신 오빠와 언니는 안녕하십니까?"

"네."

"당신 남동생과 여동생은 안녕하십니까?"

"네."

일련의 이런 문답이 끝나지 않으면 일은 진전되지 않는다. 일반적으로 아프리카 촌장의 지위는 그 지역에서는 상당히 높은 존재이다. 나 같은 사람도 최대한 경의의 태도를 보이려 애썼다.

그 다음은 경우에 따라 다르나, 선물을 교환하기도 한다. 마침 갖고 있는 물건이 하나도 없으면 내가 걸치고 있는 값싼 브로치나 귀걸이나는 여행할 때는 잃어버려도 그만인 아주 값싼 물건을 걸치고 다닌다 혹은 새 손수건 한 장 정도를 서둘러 깨끗한 종이에 싸서 부인에게 주는 정도인데, 그것에 대한 답례로 상대방은 생닭을 세 마리나 준 때도 있다. 다리가 단단히 묶인 닭은 우리가 타고 간 사륜 구동차 뒷좌석에 넣어두었는데, 나는 닭이 불쌍해 한시라도 빨리 수녀가 있는 수도원 정원에 풀어주고 싶었다. 그러나 수녀들도 축일 등에 그 닭을 잡아먹기도 한다.

자아가 없는 사람들의 민주주의

184

민주주의가 거의 전세계에 통용되며 만약 그렇지 않다면 그것은 의식적으로 대단히 '뒤처진 국가' 라는 생각이야말로 현실을 직시하지 못하는 사고이다. 만일 민족이나 부족의 자립을 원한다면 그들이 오랜 세월 유지해온 정치 형태에도 그 나름의 충분한 경의를 표해야 마땅하다. 그것은 마치 각국의 민족 의상과 같기 때문이다.

어떤 외국인은 일본의 기모노를 보고 "저렇게 몸을 꽉 죄어 어떻게 계속 입을 수 있단 말인가, 등에 북을 묶다니 곱사등이처럼 보일 뿐 하나도 아름답지 않아."라고 한다.

우리들은 인도의 사리_{힌두교 여성의 옷}를 보고 '저런 옷을 입고 어떻게 육체 노동을 할까', '어깨에 걸친 사리 끈이 흘러내려오니 오죽 활동하기가 힘들까' 하는 쓸데없는 걱정을 한다. 그러나 그 민족은 오랜 세월 그렇게 살아왔다.

물론 우리들에게 민주주의는 이상이므로 민주주의는 좋은 제도라고 늘 말버릇처럼 되뇌는 것은 극히 자연스러운 일이다. 그러나 전 세계에서 민주주의를 실행하는 일은 현 상태에서는 극히 어렵다. 첫 번째 이유는 문맹률이 높고 교육이 보급되어 있지 않은 관계로 스스로 사고하는 일이 불가능하다는 점이다. 자아가 없는 곳에서의 민주주의는 오히려 악질적인 중우 정치가 되며 도리어 독재적인 지도자에게 이용당하게 된다. 그러나 아프리카형 촌장 지배에서는 그 정도로 두드러지게 어리석은 인물이 촌장이 될 가능성은 희박한 듯싶다.

오랜 세월 일본인은 사회주의 국가는 민주주의 국가보다 인민의 힘이 훨씬 강하다고 배워왔다. 그러나 사회주의 국가만큼 사상, 표현, 학문, 이주, 신앙 등의 자유를 탄압한 나라는 없다. 또한 사회주의 국가만큼 당의 실력자가 인민의 눈이 미치지 못하는 곳에서 막대한 권력이나 부를 원하는 대로 마음껏 누리고 있는 곳도 없다. 지금도 그런 나라의 '정보 공개'란 웃기는 발상에 지나지 않는다. 여전히 모든 신문은 당의 통제하에 놓여 있다.

민주주의가 가능한 나라는 한 줌밖에 되지 않는다

나의 지인은 동양사학자인 관계로 연구를 위해 내내 중국에 가 있었다. 최근 중국은 올림픽 유치를 의식해 동네도 깨끗해졌고 화장실도 정비되었지만그래도 여전히 물이 나오지 않는 화장실이 가끔 있기도 하다 10년, 20년 전의 중국에는 소위 관광지가 된 유명한 유적 근처 화장실이라도 문이 없어 오물이 그대로 훤히 보이고 손 씻을 물조차 없는 곳이 얼마든지 많았다. 조금 멀리 떨어진 곳에는 호텔도 제대로 없었던 시절이었다.

그 학자는 그러한 것에 대해 절대로 불평을 하는 사람이 아니었는데 언젠가 어느 가이드가 정말 딱하게 한 말을 나에게 들려주었다.

"선생님, 다음에 오실 때에는 특권 계급으로 와주세요. 그러면 훨씬 좋은 숙박 시설도 있습니다."

특권 계급이란 말은 일본에서는 사어死語에 가깝다. 각료나 중의원들은 분명 특권 계급이지만 아마도 국민의 대표이기 때문에 당연하다는 생각이다. 우선 그렇게 대접받지 못하면 일을 수행하지 못할 만큼 바쁜 생활을 하고 있기 때문이다.

인구 10억의 인도도 힌두교 나라이며 계급 제도 그 자체의 나라이다. 이슬람을 믿는 모든 나라 또한 민주주의와는 연이 없다. 단 기독교 국가의 신부神父 조직은 민주주의라 할 수 없어도 교의는 민주주의를 받아들일 소지를 충분히 가지고 있다. 그러니 온 세계에서 민주주의가 가능한 나라는 정말이지 한 줌에 지나지 않는다.

어이 없는 죽음들

평균 수명이 삼십대인 나라

예전에 내가 아는 수녀가 프랑스에서 회의를 개최했다. 가톨릭을 잘 모르는 사람으로부터 "수도회란 불교에서 종파와 같은 것입니까?"라는 질문을 받지만 그렇지는 않다. 교리도 해석도 제의祭儀도 전 세계 완전히 하나인데 수도회가 많은 까닭은 각각의 활동 목적이 다르기 때문이다. 속세와의 관계를 끊고 엄숙한 침묵 속에서 기도에만 전념하는 모임이나, 자녀 교육을 담당하는 모임이나, 병원이나 양로원을 경영하는 모임이나, 개발도상국에 선교하러 다니는 모임 등 활동 분야에 따라 나뉘어져 있다.

프랑스에서 열린 수녀 모임은 개발도상국의 멀리 떨어진 지역에 들어가 기독교 신앙 아래 의료 행위나 교육을 목적으로 하는 모임이었다. 그러나 수녀들이라고는 하지만 통상 여성들의 모임과 다를 바 없다. 유럽이나 아시아 선진국에서는 수도원에서도 정년제를 실시하여 여생은 은퇴하여 지내는 지역도 있기 때문에 '고령자의 생활은 어떠해야 하는지'의 문제도 '연차 총회'의 화제가 된다. 그러자 아프리카에서 온 수녀가 말했다.

"우리 나라에서는 고령화 문제 따위는 없어요."

"그렇게 잘 되어 있나요?" 내가 아는 수녀가 말했다.

아프리카 사람들은 가족 간의 결속이 돈독하기 때문에 가족이나 친척 중 누군가가 고령자를 보살피리라는 추측을 했을지도 모르겠다. 그러자 아프리카에서 온 수녀는 아무렇지도 않은 듯 말했다.

"어차피 우리 나라에서는 여러분들이 말하는 소위 고령이 되기 전에 모두 죽어버리니까요."

이 어안이 벙벙해지는 말 속에는 중요한 사실이 숨겨져 있다. 에이즈의 만연으로 평균 수명이 삼십대가 된 나라도 있다. 그러나 에이즈가 아니더라도 많은 개발도상국에서는 사람은 그렇게 오래 살지 못한다.

중노동 끝에 아이 둘을 남기고 결핵으로 먼저 간 젊은이

나는 늘 숭고하다 싶을 만큼 조용하게 그리고 덧없이 침묵을 지킨 세 명의 사자死者에 관한 일을 떠올리곤 한다.

하나는 볼리비아 산타크루스라는 마을의 교외 광경이다. 그 곳은 탄광이 있는 산악 지방이기 때문에 많은 노동자가 유입되었다. 탄광의 불황이 어떤 연유에서 비롯되었는지 정확한 설명을 들은 기억은 없다. 그러나 세계적으로 이유는 크게 다르지 않으리라. 폐광되었거나 해고당했다든가 여하간 먹고살 수 없게 된 많은 인디오 노동자들은 도시로 가면 뭔가 되겠거니 기대하며 어떤 사람은 가족과 함께, 또 어떤 사람은 홀로 돈을 벌러 산타크루스로 빠져나왔다. 우리들이 보기에는 좀 쇠퇴한 도시 같았지만 산타크루스는 볼리비아 제2의 도시이다.

물론 그 곳에 꿈 같은 행운이 기다려주는 일이란 우선 없다. 홀로 집을 떠나온 사람은 외로움에 찌들어 술에 빠진다. 가족을 데리고 나오면 식비가 그만큼 더 들기 때문에 자식에게 먼저 먹이고 부모는 변변한 영양도 섭취하지 못한 채 중노동에 종사하게 된다. 그 결과 결핵이 그들을 엄습한다.

내가 아는 이탈리아인 신부는 결핵 환자들의 이러한 생활을 오랜 세월 지켜보았다. 몇 년 만에 만났을 때 신부는 예전에 내가 만났던 아무개 아무개가 처자식을 남기고 죽었다는 말을 했다. 나는 수년이 지났음에도 불구하고 그 사람들의 존재를 분명히 기억하고 있었기에 마침 묘지를 지나 돌아가는 길에 참배하고 싶다고 했다. 그러자 신부는 흐뭇해하며 묘지 앞에 차를 세워주었다.

내가 만났던 한 사람은 33세로 아이 둘을 남겨두고 죽었다. "언제나 신과 가족을 깊이 사랑했다"고 묘비에 적혀 있었다. 신부는 그 묘지에 잠들어 있는 많은 사람들의 친구였기에 그들의 생애를 마음속 깊이 기리고 있었다.

"이 사람 역시 33세, 이 사람은 38세, 이 사람은 42세, 이 청년은 18세"라며 신부는 걸어가면서 죽은 이들의 나이를 내게 가르쳐주었다. 더욱 복잡한 이야기도 하고 싶었던 것 같았으나 신부는 이탈리아 말과 스페인어밖에는 하지 못했고, 내 스페인어 실력으로는 죽은 이들의 나이 정도 외에는 잘 알아들을 수가 없었다. 신상에 관한 상세한 이야기는 일본인 신부가 차분히 통역해줄 때만 이해할 수 있었다.

그중에는 결핵이 아니라 비참한 죽음을 맞은 이의 묘도 있었다. 그 남자는 같은 마을에 사는 어린 소녀를 강간했는데 그 사실이 발각되어 마을 사람들에게 맞아 죽었다고 한다. 또 다른 한 청년은 매장된 당일 사체를 도둑맞았다. 아마도 묘지기가 대학 병원과 내통하여 돈 욕심에 그날 밤 안에 사체를 파내어 팔아버렸으리라 추측하고 있다. 물론 경찰은 그런 사건을 조사하려고도 하지 않기 때문에 진상은 어둠 속에 묻혀 있을 뿐이다.

묘지에서 죽은 사람들에 대해 이야기하는 사람은 신부만이 아니었다. 한 칠팔 세쯤 되어 보이는 어린 소녀도 붙임성 있게 우리들에게 매달려 묘와 묘 사이를 걸으며 가끔 멈춰 서서 노래하듯 말했다.

"이 애도 내 친구였는데, 죽었어. 이 아이도. 이 아이도 죽었어."

묘지는 이 아이의 놀이터인가 하는 생각이 스친 순간 일본인 신부가 내게 설명해주었다.

"아이들이 너무 많이 죽어 묻을 곳이 없어요. 여기에 묻으면 괜찮을까 하고 땅을 파보면 이전에 매장한 아이의 관이 나오는 거예요. 그렇기 때문에 그 사이에 매장하든지 아니면 전에 있던 낡은 관을 적당히 정리하고 공간을 만들든지 하기 때문에 매장도 보통 일이 아니랍니다."

무지와 빈곤이 못을 밟은 소녀의 짧은 생을 마감케 했다

두 번째는 작년 가을 인도 베나레스에서 본 광경이다. 성스러운 갠지스 강에서 목욕을 하고, 죽을 날을 기다리며 죽은 사람을 화장하고 죽은 사람의 유골을 뿌리기 위해서 많은 사람들이 그 곳으로 모여든다.

화장을 할 수 있는 해안은 정해져 있지만 그 바로 뒤쪽에는 거대한 장작더미 산이 어디에서도 볼 수 없는 기괴한 광경을 보여주었다. 부자들은 장작을 충분히 살 수 있지만 가난한 사람들은 무심코 연료를 아끼기 때문에 덜 탄 사체를 그대로 강에 던져버리는 경우도 있다는 설명을 들은 적도 있다. 해안에 다다르는 길은 보통 가난한 민가나 작은 상점 사이를 꼬불꼬불 꼬부라져 나 있는데, 그 곳을 하루에도 몇 구나 되는 사체가 남자 두 사람이 멘 들것 위에 천으로 덮인 채 꽃이 흩뿌려진 모습으로 지나간다. 내가 본 장례 행렬 중에 나이 든 한 여성이 꽤 굵은 장작을 메고 그 뒤를 따르고 있었다. 물론 그 장작 하나로 죽은 사람을 다 태울 리 없기 때문에 그 장작 하나는 이를테면 가족이나 가족의 애석함, 비애 등의 상징이란 생각이 들었다.

몇 개의 화장터에서 불길이 타오르고 있는 해안에서 우리들은 웅크리고 앉아 있는 두 남자 곁에 있는 작은 사체를 보았다. 들것으로 좁은 길을 실려 온 성인의 사체는 여성이었는지 비단 천에 덮여 있었는데, 해안 콘크리트 바닥 위에 놓여진 작은 아이의 사체는 단지 흰색 천으로만 덮여 있어서 커다란 인형을 보는 듯했다. 아이의 시체는 화장하지 않는다. 추를 매달아 강에 가라앉힌다고 들었다.

나는 그 아이의 사인을 물어보았다. 따라온 한 남자가 어쩐 일인지 영어가 통해 "파상풍이었다"고 대답했다. "못을 밟았다"고 또 다른 한 사람이 말을 덧붙였다. 파상풍은 혐기성 균으로 물 속이나 흙 속에 산다. 초기에는 감기 같은 증상을 보이다가 턱이 뻣뻣해져 입 벌리기가 어려워지면 이미 위험하다고 한다. 그러나 지금은 파상풍은 어떻게든 고칠 수 있는 병이다. 예방을 위한 백신도 있고 초기 증상이 나타났을 때 곧바로 병원에 가면 죽음은 피할 수 있다. 죽은 이는 소녀라고 했는데 아마 가난한 환경이었을 거다. 무지와 빈곤이 소녀의 짧은 생을 마감하게 했다. 살아 있더라도 지옥 같은 생활을 맛보아야만 했을는지 모르겠지만…. 그래도 아이는 살고 싶어했을 텐데….

세 시간 반의 험로와 유료 구급차… 그래서 산모는 죽었다

세 번째 광경은 어느 오두막에서다. 장소는 마다가스카르의 벽촌 마을이었다. 일본인 수녀 혼자서 간호사 겸 조산부로 들어가 살며 진료를 담당하고 있었다. 내가 거기를 방문했을 때 그녀는 나를 자신의 수도원 겸 '의사 없는 작은 진료소'에서 단 1~2분이면 갈 수 있는 언덕 위에 돌과 흙으로 지어진 오두막으로 데리고 갔다. 그것이 입원실이었다. 어쨌든 버스도 없고 자전거도 없는 근처 사람들은 병이 나면 우리들처럼 쉽사리 올 수도 없다.

오두막에 있던 환자는 화상을 입은 남성이었다. 일본에서 생각할 수 있는 완전한 소독도 불가능하다. 피부 이식을 할 돈도 설비도 기술도 없다. 그러나 그 남자는 상당히 심한 화상임에도 불구하고 가까스로 생명을 부지하고 있었다. 그는 오두막 바깥까지 나와_{안에는 전기도 없기 때문에 밝은 바깥에서 갑자기 들어가면 잘 보이지 않는 상태였다} 우리들에게 웃는 얼굴로 인사했다. 누가 보더라도 회복기 행복으로 넘쳐나는 환자처럼 보였다.

그러나 수녀는 슬픈 표정을 지었다. 수개월 전 그 오두막에서 한 산모가 난산으로 죽었다고 한다. 도시라면 곧 구급차로 큰 병원에 이송할 것이다. 그러나 이 곳에는 전화도 없고 가장 가까운 도시와는 불과 50킬로미터 정도이지만 차로 가도 편도 3시간 반은 걸리는 험로로 이어져 있다. 게다가 앞에서도 언급했 듯이 구급차는 무료가 아니기 때문에 먹는 것조차 변변치 못한 어려운 형편의 산모 가족들에게는 지불이 불가능하다. 끝까지 괴로워하다가 산모는 죽는다. 수녀는 "내가 본 것은 아니지만" 하고 양해를 구하고는 "마을에서는 사체에서 태아를 꺼내는 습관이 있다고 해요."라고 말해주었다.

　　멀리서 보면 오두막 입원실은 눈부실 정도로 밝은 햇살을 받으며 언덕 중턱에 평온하게 자리잡고 있다. 여기에서도 운이 생사를 갈라놓았다. 고통을 참아내며 온 힘을 다한 산모는 죽고, 화상을 입은 남자는 마찬가지로 고통스럽기야 하겠지만 생명을 건졌다. 그러한 내막이 있었음을 우리들이 알 턱이 없다. 일본에서는 충분한 의료를 받을 수 없는 일은 국가나 병원을 고소할 수 있을 정도의 사유가 된다. 그러나 아프리카나 그 외의 많은 나라에서는 어떤 수단도 제대로 한 번 써보지 못한 채 죽는 운명이 태반이다.

병과 불운에 쓰러지는 인간 생활의 원형

우리는 자신의 생애를 대단하게 생각한다. 그것은 당연한 일이다. 가족의 운명도 매우 중요하다. 그러나 먼 나라에 살고 있는 낯선 사람의 운명에 대해 자신과 똑같이 느끼는 일은 좀처럼 어렵다. 그러나 병과 불운에 쓰러지는 우리 인간 생활의 원형은 지금도 변함이 없다.

"무슨 일이든 인생에 일어나는 일에 놀라는 사람은 참으로 가소로우며 좋지 않은 의미로 보통 사람과는 동떨어진 인간이란 말인가?"

그렇게 말한 사람이 있다. 일본인의 의식으로는 '기본적 인권과 문화 생활'을 당연시 여기고 만일 그렇지 않은 상황에 '놀란다'면 그 사람이야말로 '가소로운 인간'이 되는 것이다. 그리고 그 사람은 이렇게도 말했다.

"그렇다면 이 세상을 살아가는 일은 결코 중대사로 간주할 만한 일은 아니리라."

이것은 타인의 생을 말하는 것이 아니다. 당연히 자신의 생애 또한 중대사로 간주하지 않음을 말한다. 앞의 두 말은 마르크스 아우렐리우스의 『명상록』 중에 있는 말이다.

그리고 또 한 철학자는 말한다.

"세상사를 가볍게 볼 수 있다는 점이 고매한 사람의 특징처럼 느껴진다."

이렇게 말한 철학자는 아리스토텔레스이다. 이 말은 현대에는 오해의 소지가 있다. 그러나 이 말도 누군가 타인의 생명이나 운명을 가볍게 보라는 말이 아니다. 오히려 자신의 생명이나 운명을 전세계에 필적할 만큼 중대한 것이라 생각지 말라는 의미이리라. 인간 생명의 원형은 내 마음에 강한 인상을 남긴 세 개의 광경 속에 집약되어 있다. 나는 그것을 결코 잊지 못하리라.

나는 일본에서 태어났으므로 극진한 간호를 받을 수 있음은 당연하다. 그리고 미래에도 물론 모든 사람들이 극진한 간호를 받을 수 있기를 지향해야 마땅하다고 현대인은 하나같이 그렇게 생각한다. 그러나 현실은 결코 그런 식으로 되지는 않으리라. 나 또한 나의 생애나 죽음을 이 지구상의 수많은 고통스러운 죽음과 마찬가지로 가볍게 볼 수 있게 되기를 바랄 뿐이다.

에필로그 다시 원점에 서서

원점은 어디에 있을까

이 책의 맨 마지막 장을 또다시 적갈색 대지와 당혹스러운 듯 잎을 늘어뜨리고 있는 바나나 농장이 보이는 적도 바로 아래의 아프리카 나라에서 쓰게 된 것은 우연이긴 해도 참 묘한 기분이 든다.

지금 나는 우간다에 있다. 이 곳은 내가 방문한 110번째 나라이다. 여기에서도 적갈색 토양은 품질 좋은 파인애플을 생산하기에 적합한 토지임을 보여주고 있으며, 어떤 집 뒷마당에도 바나나가 넉넉하게 잘 자란다는 사실은 단적으로 말해 이 지역에는 기아가 없다는 표시이기도 하다.

어제 우리들은 수도 캄팔라에서 서쪽으로 80킬로미터 정도 떨어진 곳으로 당일치기 조사에 나섰다. 우선 진자 지방의 교회에서 교구 활동으로 시행하는 에이즈 클리닉을 방문한다고 했다.

에이즈 클리닉이라는 말을 듣고 독자는 과연 얼마나 큰 건물을 상상할까. 우리들이 도착한 곳은 기껏해야 다다미 열 장 정도 면적의 벽돌 건물로 문도 없는 아주 보잘것없는 오두막이었다. 지붕은 함석으로 이었고 안에는 책상도 의자도 아무것도 없다.

뒤를 둘러보니 일본에서는 여름에 해안가 집에서나 볼 수 있는 갈대발 같은 것이 빙 둘러 쳐져 있고 그 외엔 아무것도 없는, 그저 풀이 자라난 땅바닥 공간이 각각 혈액 검사실이라든가 상담실로 되어 있을 뿐이었다. 다만 그 울타리 안의 공간이 그러한 곳이라 추측하는 이유는 리포트 용지에 그렇게 적어 손님인 우리들이 알 수 있도록 갈대발에 꽂아두었기 때문이다. 그래도 여기에서는 비교적 싼 70엔 정도 가격으로 HIV 항체가 양성인지 어떤지 검사를 받을 수 있다고 하니 천만 다행이다.

하지만 결과를 알 수 있는 일이 좋은 일인지 어떤지는 이 나라에서도 그리 간단하지는 않다. 안내자 중 한 사람은 "이 나라는 남성보다 여성 쪽이 개방적이다"라는 표현을 썼다. 남편이 밭에 나가거나 빅토리아 호수에서 물고기를 잡거나 하는 사이에 아내는 남자 친구들과 비밀스런 교제를 즐긴다. 전기도 없고 냉장고도 없다. 따라서 시원한 맥주도 없을 뿐더러 따뜻한 탕에 들어갈 만한 설비 또한 없다. 마을에는 5~6평방미터의 잡화점이 있을 뿐, 찻집도 부띠끄도 미용실도 영화관도 은행도 우체국도 아무것도 없다. 있는 것이라곤 진흙을 발라 굳혔다든지 벽돌을 쌓은 벽에, 풀이나 함석으로 지붕을 이은 다다미 6장 정도의 단칸 오두막과 기껏해야 헛간이 붙어 있는 민가가 있을 뿐이다. 섹스는 문화가 있고 없고를 떠나 신이 준비하신 위대한 쾌락이리라.

그러나 남자 친구들로부터 옮은 에이즈가 발각되면 아내를 때리고 발로 차며 폭력을 휘두르는 남편도 있다. 이 나라는 크리스천이 많다고 하면서도 일부다처제이기도 하므로 이야기는 복잡해진다.

우리들은 근처의 에이즈 환자 집을 방문했다. 반 년 전까지 그는 포장용 암석을 잘게 부수는 노무자였다. 하루 종일 야자나무 잎을 엮은 조그마한 차양 밑에서 쨍그랑거리며 손으로 돌을 부수며 골재를 만들었다. 그 일로 받은 임금은 일당 250엔 정도였다. 연령은 27세. 아내와의 사이에 알렉스모바지라는 생후 4개월 된 남자 아이가 있다.

일본의 거대한 쇄석장은 거의 인기척이 없다. 채석산에서 가지고 온 바위는 밤낮을 가리지 않고 기계로 분쇄되어 각각의 크기는 자동적으로 측정되어 선별되고 저장된다. 쨍그랑쨍그랑 맨손으로 부순다는 사실은 일본인 누구도 생각할 수 없는 일이다.

환자는 입구 가까운 땅바닥 매트리스 위에서 자고 있었다. 우리들과 만나는데도 일어나 앉을 수 없을 만큼 쇠약해 있었다. 호흡 곤란 탓에 목소리는 끊어졌다 이어졌다를 반복했다. 나는 환자의 집 밖에서 안내해준 그 지역 목사님께 아내와 아이는 병이 전염되지 않았는지 조그만 소리로 물어보았다. 두 사람은 아직 검사를 하지 않았다. 한 집안의 일손이 몸져 누워버리면 수입이 없어지기 때문에 아내는 70엔의 검사비를 내는 것도 아깝다고 느낄지 모른다.

목사님은 16개월 미만의 유아들에게는 검사를 권장하지 않는다고 했다. 너무 어리면 나오는 결과가 부정확할 수도 있고, 아프리카 대부분의 나라에서는 에이즈라는 사실이 알려지면 부모들이 아이들에게 더 이상 먹을 것을 주지 않으므로 참 딱하기 때문이라고 한다. 가난한 가족에게 음식은 생존할 가능성이 있는 자만이 먹을 권리가 있다.

그러나 아프리카는 침묵의 대륙이다. 이러한 사정을 유럽인들처럼 경솔하게 정리해서 함부로 누설하지 않는다. 지혜는 선조로부터, 자연으로부터, 무언 속에서 전해지는 법이기 때문에.

내가 먼저•야말로 인간의 본성

우리와 동행한 젊은 세대들 중에는 아프리카 시골 사람들이 일본의 자동차 차고보다도 작은 진흙으로 만든 오두막에서 살아간다는 사실을 믿지 않았던 사람이 있었다. 그는 그런 오두막이 있다는 것조차도 그림이나, 사진, 토산품인 식탁보에 그려진 그림 등을 통해 다만 지식으로 알고 있을 따름이었다. 그러나 그림도 아프리카의 이국 정서를 과장해서 보여주기 위해서 고의로 소박하게 그린 광경이라 생각하고 있었다.

이번에 처음 아프리카 땅을 밟아보고는 그런 작은 오두막이 이 대륙 전체에 퍼져 있는 보통의 생활이라는 사실을 알게 되었다. 이 나라에는 중산층이 없다. 고작 한 줌 정도 되는 부유한 사람들과 절대다수의 동물과 거의 다를 바 없는 생활을 하고 있는 사람들이 존재할 뿐이다.

아이들에게 도쿄 과자 도매상에서 싸게 사온 사탕을 나누어주려고 했던 우리들은 새로운 어려움에 봉착했다. 아이들에게 봉투 안의 내용물을 평등하게 나누는 일이 불가능했다. 건네받은 사탕 봉투를 손에 쥐고 아이는 혼자서 차지하려 했다. 그러자 다른 몇몇 남자아이와 여자아이들이 몸을 내던지며 달려들었다. 게다가 십수 명이 쟁탈전에 가담하려고 달려왔다. 흙먼지가 일고 땅바닥이 약간 흔들리는 듯 느껴지기까지 했다.

달콤한 사탕이 왔다는 소식이 상어가 피 냄새를 맡은 듯, 바나나와 사탕수수와 마니옥감자 밭 사이를 타고 전해진 것일까. 아이들의 수는 더더욱 불어났다. 이윽고 마을의 지도자인 듯한 남성과 선생님 같은 여성이 나타나 아이들을 진정시켰다. 그러나 줄을 세우게 하는 일도 불가능했다. '내가 먼저'야말로 인간 본성의 자연스런 모습이다. 그리고 줄을 세우는 일이란 어딘지 인간이 동물적 본능을 상실한 결과가 아닐까.

사람은 존재하는 임무를 지고 있다

'이곳에는 무엇 하나 없는 삶이 존재한다'고 나는 썼다. 그러나 그것도 정확하지 않다. 이곳에는 그들이 태어나서 자란 대지가 확고하게 있다. 그들의 어머니들이 출산의 고통 속에서 아이를 낳고 쭈글쭈글한 젖을 물리어 키워준 집집마다 그 나름의 생활이 있다. 형제는 땅바닥에 간 돗자리 위에 어린 돼지들처럼 포개져 잠을 잤다. 집 밖에는 보름달의 밤도 있었다. 인간 당사자보다도 명료하게 인간의 모습을 드러내 보이는 달빛이 춤을 추고 있었다. 그리고 저쪽 편에서는 빅토리아 호수가 아름답게 빛을 발하고 있었다. 아프리카 한가운데 바다에 접한 항구가 없어 필시 가난함에서 벗어날 수 없었던 나라이지만 그들의 본업은 어민이다.

나일 강의 원류이자 악어의 산란지인 빅토리아 호수. 우간다의 무세베니 대통령은 날쌔고 사나운 얼굴에 다소 장난기 어린 미소를 띠며 근래 우간다에서 악어 양식을 하고 있는 민간 기업에 대해 언급했다. "옛날에는 악어 따위는 결코 먹지 않았다. 우리 부족은 물고기도 닭고기도 먹지 않는다. 닭고기를 먹으면 영혼이 날아가버리기 때문이다. 인간은 악어의 가죽을 소금에 절여서 수출하고 고기는 소고기보다 비싼 가격으로 캄팔라 레스토랑에 도매한다. 그것은 오랜 세월 악어에게 잡아먹혀온 인간의 '복수'라 생각한다."고 대통령은 말했다.

악어 가죽은 매우 비싸기 때문에 양식장에는 총을 휴대한 여자 경비원 몇 명이 배치되어 있었다. 지금 빅토리아 호의 악어는 양식지에서 사육되며 게으른 체취를 풍기고 있었다.

어째서 나는 일본에서 태어났고 그들은 우간다에서 태어났을까. 우연이라고밖에는 말할 수 없다. 나는 지금의 나로 태어나기 위해 무엇 하나 한 것이 없다. 노력도 하지 않았고 대가도 치르지 않았다. 그것을 나는 우연이라고 주저하지 않고 말한다.

그러나 나는 이 세상의 천국에 태어났다. 만일 내가 내 생활을 그렇게 평가할 재능이 있다면 말이다. 나는 당연한 듯 교육을 받았고 이주나 여행을 즐긴다. 나는 배고픔을 느끼지 않았으며 불결함을 감수하는 생활도 하지 않았다. 내 주위에는 정직하며 재능 있고 근면하고 지적인 사람들뿐이었다. 우연히도…….

그러나 그 '우연히'라는 말에 언젠가 가톨릭의 한 신부님으로부터 주의를 받은 적이 있다.

"우연? 정말로 당신은 그렇게 생각합니까? 결코 그렇지 않아요.

이 모든 것은 하나님의 계획이랍니다."

모든 사람이 이 지상의, 그의 존재 지점에서, 그 사람이 존재하는 임무를 지고 있다는 말일까?

인간이 인간다워질 때

빅토리아호 옆 마을에서 돌 깨는 일이 직업이었던 에이즈 환자의 베갯머리에 나는 목에 걸고 있던 '성스런 성모 마리아 메달'를 빼서 건네주었다. 그가 야윈 손으로 메달을 움켜쥐어서 나는 함께 성모의 기도를 드렸다. 그는 얼마 지나지 않아 죽을지도 모른다. 그리고 지금은 건강하게 보이는 그의 10대 아내도 최악의 경우에 아이를 남기고 죽을지도 모른다. 아프리카 대륙은 에이즈로 부모를 잃은 아이들로 가득하다. 그들은 슬프거나 외로워도 눈을 크게 뜨고 그다지 울지 않는다. 그들은 아프리카의 청명한 칠흑 같은 어두운 밤으로부터 홀로 이겨내는 법을 배웠다.

"에이즈로 부모를 잃은 아이들을 위해서 어디에 고아원이라도 있습니까?"

나는 그 지역 안내자에게 물었다.

"고아원은 없습니다. 할머니나 숙모, 친척들 중 누군가가 데려가 키우고 있습니다."

불우한 아이들이 어딘가 한 곳에 모여 있다고 한다면 오히려 그쪽이 부자연스러운 일이다. 불행한 아이들은 부모의 추억이 묻어 있는 지역 어딘가에 매몰됨이 자연스럽다.

그때 마침 이미 10여 년 전쯤 에이즈로 아버지를 잃었다는 청년은 말했다.

"우간다에서 어르신들을 소중히 모시느냐고요? 물론 어르신들은 존경받지요. 오랫동안 살아오신 분들이니까요. 게다가 무엇보다 저는 할머니가 좋아요. 왜냐하면 할머니는 우리 할머니이니까요."

그렇다. 모든 것은 결코 우연이 아니다. 내 앞에는 어머니가 있고 어머니 앞에는 할머니가 있다. 그러한 사람들이 육체와 영혼 양쪽에서, 기쁨과 슬픔에 얼룩져 살아왔다. 기쁨은 슬픔의 조그마한 악센트, 장식이었던 것 같기도 하다.

오히려 그들은 견뎌왔다. 상처의 고통, 출구가 보이지 않는 배고픔, 막을 수 없는 추위, 불합리한 학살을 견뎌내왔다. 그 외에는 방법이 없었기 때문이다.

빅토리아 호 나일 강 원류에 가까운 마을에 머물렀을 때 우리들 마음속에 일종의 감개무량함이 스쳐지나갔다. 그것은 누구나 ─ 젊은이들까지도 ─ 아마 나일 강 원류에 다시 서는 일은 결코 없으리라는 생각에 사로잡혔기 때문이었다.

우리들은 누구나 제한된 생을 살아간다. 그러나 원류에 서서 원점을 주시하는 이는 행복한 사람이다. 사람은 역사와 시詩에 의해 종縱과 횡橫을 살아간다. 시간의 저편에도 공간의 심오한 곳에도 원점이 있다. 그 원점에 확고하게 연결되어 있을 때만이 비로소 인간은 인간다워지는 법이다.

얼마 전 텔레비전에서 우연히 '캘커타 스토리'라는 다큐멘터리를 보았는데, 두 남자의 눈물겨운 인생살이가 오래도록 지워지지 않는다. 재산도 기술도 무엇 하나 없이 어쩌다 손에 쥔 인력거를 50년간 끌면서 구만리 같던 청춘을 다 보내고 남은 노년도 인력거와 동고 동락하는 70세 후세인과 70도를 넘나드는 뜨거운 여름 캘커타 아스팔트 위를 맨발로 32년 동안 인력거를 끌어온 55세 샬림의 인력거 인생 이야기이다.

굳은살이 시꺼멓게 박인 손발로 그들이 하루 종일 땀 흘리며 버는 돈은 한 달에 2,500루피, 우리 돈으로 5만 5,000원 정도, 그러니까 하루 2,000원 안팎이지만, 가족의 목숨을 부지하는 크고도 귀중한 돈이다.

야속하게도 인력거를 탄 사람들은 폭우 속 빗물 길을 건너게 해준 것은 그들이 지불한 돈이라 생각할 뿐, 인력거꾼의 딱딱하게 갈라진 맨발과 땀과 눈물을 보지 못한다.

후세인은 인력거를 끄느라 40년째 고향을 가보지 못하고, 그 와중에 아내와 아들이 죽고 마을에서 추방당한 장남의 생사조차 막막한 기막힌 가족사를 가슴 한구석에 묻고 살아간다.

돌아갈 집, 만날 피붙이 하나 없이 어긋난 인생을 지탱해온 거의 유일한 인생의 벗 인력거.

늙고 병들어 더 이상 일어나지 못할 때, 비로소 인생의 버거운 짐을 내려놓고 쓸쓸이 떠나가야 하는 이들에게 행복이란 늘 닿을 수 없을 만큼 높고 먼 곳에 있을 따름이다.

기차로 여남은 시간이면 닿을 고향을 돌고 돌아서 40년 만에 찾아왔다가 천근만근 떨어지지 않는 발길을 돌리며 그는 온몸으로 흐느낀다.

"40년 전에 아들이 살았다는 곳에 왔습니다. 그런데 우리 가족이 어떻게 됐는지 아는 사람은 아무도 없습니다. 어디로 가야할지 길을 잃었습니다. 난 이제 어디로 가야 하나요…. 울어야 되는데 눈에선 눈물조차 안 나옵니다."

자신의 꿈을 향해 조금씩 걸어가기도 하고 또 조금씩 주저앉기도 하면서, 슬픔은 때론 좌절시키기도 하고 때론 강하게도 만든다지만, 그리고 가끔은 행복하고 또 가끔은 슬픈 게 인생이라지만….

뼈아픈 그들의 도시 캘커타뿐 아니라 아직도 지구상 도처에서 버겁고도 가혹한 인생의 멍에를 지고 절망 속에 하루하루를 연명하는 수많은 후세인과 샬림의 삶을 접하면서 이 책을 번역하는 내내 나는 참 우울하고 속상했다.

삶은 언제 어디서나 누구에게나 조금은 불행하고 조금은 행복하다고 한다면, 그리고 일생의 행복과 불행의 총량이 같다고 한다면, 내가 이 책에서 만난 아프리카의 수많은 후세인과 샬림에게도 예외가 아니기를 간절히 바랄 뿐이다.

그리고 우리가 맨 처음 출발한 생의 원점을 잊지 않고 늘 주시한다면, 절망과 좌절 가운데도 돌아갈 곳이 있고 어떻게든 살아가리라는 희망도 아울러 그려본다.

오늘 행복하고 건강하여 크게 웃고 있어도 병들고 불행했던 어제와 서러운 눈물을 가끔은 돌아다봐야겠다.

원점을 주시하면서….

2006년 10월
오경순

옮긴이 오경순

일본어 전문 번역가, 고려대학교 강사, 고려대학교 일본학연구센터 연구원.
옮긴 책으로 《행복하게 나이드는 비결―소노 아야코의 중년이후》,
《나는 이렇게 나이들고 싶다―소노 아야코의 계로록》, 《사람으로부터 편안해지는 법》,
《긍정적으로 사는 즐거움》, 《녹색의 가르침》, 《덕분에》, 《날마다 좋은 날》 등이 있다.

세상의 그늘에서 행복을 보다

1판 1쇄 발행 2006년 11월 10일
1판 3쇄 발행 2008년 8월 9일

지은이 소노 아야코
옮긴이 오경순

펴낸이 김현정
펴낸곳 도서출판리수

기획·홍보 김현주
북디자인 알디

등록 제4-389호(2000년 1월 13일)
주소 서울시 성동구 행당동 328-1 한진노변상가 117호
전화 2299-3703
팩스 2282-3152
홈페이지 www. risu. co. kr
이메일 risubook@hanmail. net

ⓒ 2006, 도서출판리수

ISBN 89-90449-33-2 03830